U0051026

天下味

唐魯孫——著

目錄

饞人說饞——閱讀唐魯孫

逯耀東

前些時，去了一趟北京。在那裡住了十天。像過去在大陸行走一樣，既不探幽攬勝，也不學術掛鉤，兩肩擔一口，純粹探訪些真正人民的吃食。所以，在北京穿大街過胡同，確實吃了不少。但我非燕人，過去也沒在北京待過，不知這些吃食的舊時味，而且經過一次天翻地覆以後，又改變了多少，不由想起唐魯孫來。

七〇年代初，臺北文壇突然出了一位新進的老作家。所謂新進，過去從沒聽過他的名號。至於老，他操筆為文時，已經花甲開外了，他就是唐魯孫。民國六十一年《聯副》發表了一篇充滿「京味兒」的〈吃在北京〉，不僅引起老北京的蓴鱸之思，海內外一時傳誦。自此，唐魯孫不僅是位新進的老作家，又是一位多產的作家，從那時開始到他謝世的十餘年間，前後出版了十二冊談故鄉歲時風物，市廛風俗，飲食風尚，並兼談其他軼聞掌故的集子。

這些集子的內容雖然很駁雜，卻以飲食為主，百分之七十以上是談飲食的，唐魯孫對吃有這麼濃厚的興趣，而且又那麼執著，歸根結柢只有一個字，就是饞。他在〈烙盒子〉寫到：「前些時候，讀逯耀東先生談過天興居，於是把我饞人的饞蟲，勾了上來。」梁實秋先生讀了唐魯孫最初結集的《中國吃》，寫文章說：「中國人饞，也許北京人比較起來更饞。」唐魯孫的回應是：「在下忝為中國人，又是土生土長的北京人，可以夠得上饞中之饞了。」而且唐魯孫的親友原本就稱他為饞人。他說：「我的親友是饞人卓相的，後來朋友讀者覺得叫我饞人，有點難以啟齒，於是賜以佳名叫我美食家，其實說白了還是饞人。」其實，美食家和饞人還是有區別的。所謂的美食家自標身價，專挑貴的珍饈美味吃，饞人卻不忌嘴，什麼都吃，而且樣樣都吃得津津有味。唐魯孫是個饞人，饞是他寫作的動力。他寫的一系列談吃的文章，可謂之饞人說饞。

不過，唐魯孫的饞，不是普通的饞，其來有自；唐魯孫是旗人，原姓他他那氏，隸屬鑲紅旗的八旗子弟。曾祖長善，字樂初，官至廣東將軍。長善風雅好文，在廣東任上，曾招文廷式、梁鼎芬伴其二子共讀，後來四人都入翰林。長子志銳，字伯愚，次子志鈞，字仲魯，曾任兵部侍郎，同情康梁變法，戊戌六君常集會其家，慈禧聞之不悅，調派志鈞為伊犁將軍，遠赴新疆，後敕回，辛亥時遇刺。仲魯是唐魯孫的祖父，其名魯孫即緣於此。唐魯孫的曾叔祖父長敘，官至刑部次郎，其二女並選入宮侍光緒，為珍妃、瑾妃。珍、瑾二妃是唐魯孫的族姑祖母。民初，唐魯孫時七八歲，進宮向瑾太妃叩春節，被封為一品官職。唐魯孫的母親是李鶴年之女。李鶴年奉天義州人，道光二十年翰林，官至河南巡撫、河道總督、閩浙總督。

唐魯孫是世澤名門之後，世宦家族飲食服制皆有定規，隨便不得。唐魯孫說他家以蛋炒飯與青椒炒牛肉絲試家廚，合則錄用，且各有所司。小至家常吃的打滷麵也不能馬虎，要滷不瀉湯才算及格，吃麵必須麵一挑起就往嘴裡送，筷子一翻動，滷就瀉了。這是唐魯孫自小培植出的饞嘴的環境。不過，唐魯孫雖家住北京，可是他先世遊宦江浙、兩廣，遠及雲貴、川黔，成了東西南北的人。就飲食方面，嘗遍南甜北鹹，東辣西酸，口味不東不西，不南不北變成雜合菜了。這對唐魯孫這個饞人有個好處，以後吃遍天下都不挑嘴。

唐魯孫的父親過世得早，他十六七歲就要頂門立戶，跟外面交際應酬周旋，觥籌交錯，展開了他走出家門的個人的飲食經驗。唐魯孫二十出頭就出外工作，先武漢後上海，遊宦遍全國。他終於跨出北京城，東西看南北吃了，然其饞更甚於往日。他說他吃過江蘇里下河的鮰魚，松花江的白魚，就是沒有吃過青海的鰉魚。後來終於有一個機會一履斯土。他說：「時屆隆冬數九，地凍天寒，誰都願意在家過個闔家團圓的舒服年，有了這個人棄我取，可遇不可求的機會，自然欣然就道，冒寒西行。」唐魯孫這次「冒寒西行」，不僅吃到青海的鰉魚、烤犛牛肉，還在甘肅蘭州吃了全羊宴，唐魯孫真是為饞走天涯了。

民國三十五年，唐魯孫渡海來臺，初任臺北松山菸廠的廠長，後來又調任屏東菸廠，六十二年退休。退休後覺得無所事事，可以遣有生之涯。終於提筆為文，至於文章寫作的範圍，他說：「寡人有疾，自命好啖。別人也稱我饞人。所以，把以往吃過的旨酒名饌，寫點出來，就足夠自娛娛人的了。」於是饞人說饞就這樣問世了。唐魯孫說饞的文章，他最初的文友後來成為至交的夏元瑜說，唐魯孫以文字形容烹調的味道，「好像老殘遊記山水風光，形容黑妞的大鼓一般。」這是說唐魯孫的饞人談饞，不僅寫出吃的味道，並且以吃的場景，襯托出吃的情趣，這是很難有人能比較的。所以如此，唐魯孫說：「任何事物都講究個純真，自己的舌頭品出來的滋味，再用自己的手寫出來，似乎比捕風捉影寫出來的東西來得真實扼要些。」因此，唐魯孫將自己的飲食經驗真實扼要寫出來，正好填補他所經歷的那個時代，某些飲食資料的真空，成為研究這個時期飲食流變的第一手資料。

尤其臺灣過去半個世紀的飲食資料是一片空白，唐魯孫民國三十五年春天就來到臺灣，他的所見、所聞與所吃，經過饞人說饞的真實扼要的記錄，也可以看出其間飲食的流變。他說他初到臺灣，除了太平町延平北路，幾家穿廊圓拱，瓊室丹房的蓬來閣、新中華、小春園幾家大酒家外，想找個像樣的地方，又沒有酒女侑酒的飯館，可以說是鳳毛麟角，幾乎沒有。三十八年後，各地人士紛紛來臺，首先是廣東菜大行其道，四川菜隨後跟進，陝西泡饃居然也插上一腳，湘南菜鬧騰一陣後，雲南大薄片、湖北珍珠丸子、福建的紅糟海鮮，也都曾熱鬧一時。後來，又想吃膏腴肥濃的檔口菜，於是江浙菜又乘時而起，然後更將目標轉向淮揚菜。於是，金齏玉膾登場獻食，村童山老愛吃的山蔬野味，也紛紛雜陳。可以說集各地飲食之大成、彙南北口味為一爐，這是中國飲食在臺灣的一次混合。

不過，這些外地來的美饌，唐魯孫說吃起來總有似是而非的感覺，經遷徙的影響與材料的取得不同，已非舊時味了。於是饞人隨遇而安，就地取材解饞。唐魯孫在臺灣生活了三十多年，經常南來北往，橫走東西，發現不少臺灣在地的美味與小吃。他非常欣賞臺灣的海鮮，認為臺灣的海鮮集蘇浙閩粵海鮮的大成，而且尤有過之，他就以這些海鮮解饞了。除了海鮮，唐魯孫又尋覓各地的小吃。如四臣湯、碰舍龜、吉仔肉粽、米糕、虱目魚粥、美濃豬腳、臺東旭蝦等等，這些都是臺灣古早小吃，有些現在已經失傳。唐魯孫吃來津津有味，說來頭頭是道。他特別喜愛嘉義的魚翅肉羹與東港的蜂巢蝦仁。對於吃，唐魯孫兼容並蓄，而不獨沽一味。其實要吃，不僅要有好肚量，更要有遼闊的胸襟，不應有本土外來之殊，一視同仁。

唐魯孫寫中國飲食，雖然是饞人說饞，但饞人說饞有時也說出道理來。他說中國幅員廣寬，山川險阻，風土、人物、口味、氣候，有極大的不同，因各地供應飲膳材料不同，也有很大差異，形成不同區域都有自己獨特的口味，所謂南甜、北鹹、東辣、西酸，雖不盡然，但大致不離譜。他說中國菜的分類約可分為三大派系，就是山東、江蘇、廣東。按河流來說則是黃河、長江、珠江三大流域的菜系，這種中國菜的分類方法，基本上和我相似。我講中國歷史的發展與流變，即一城、一河、兩江。一城是長城，一河是黃河，兩江是長江與珠江。中國的歷史自上古與中古，近世與近代，漸漸由北向南過渡，中國飲食的發展與流變也寓其中。

唐魯孫寫饞人說饞，但最初其中還有載不動的鄉愁，但這種鄉愁經時間的沖刷，漸漸淡去。已把他鄉當故鄉，再沒有南北之分，本土與外來之別了。不過，他下筆卻非常謹慎。他說：「自重操筆墨生涯，自己規定一個原則，就是只談飲食遊樂，不及其他。以宦海浮沉了半個世紀，如果臧否時事人物惹些不必要的嚕嗦，豈不自找麻煩。」常言道：大隱隱於朝，小隱隱於市。唐魯孫卻隱於飲食之中，隨世間屈伸，雖然他自比饞人，卻是個樂天知命而又自足的人。

一九九九歲末寫於臺北糊塗齋

序

作者唐魯孫先生，與余結識達四十年之久。曩日在平津上海時時謀面，從不知魯孫兄有如此令人健羨之才華。斯時魯孫兄，從未炫耀其文采，及透露所知之淵博，真所謂真人不露相也。

余於三十九年來臺不久，即與魯孫兄在北市中正路相邂逅，老友重逢，乃人生一大快事。當時魯孫兄主持一規模龐大之工廠，每逢假日，時相過從，於言談中只知魯孫兄對於菸酒、飲饌，以及近代掌故，有獨到之研究，仍不知至友乃一作家也。

此真所謂有眼不識泰山，憾甚。迨至四、五年前，突見臺灣各報副刊，競載魯孫兄論飲饌、掌故、人生之小品文，拜讀之餘，驚喜無狀。魯孫兄文字之雋永，描述之細膩詳盡，以及對近代掌故所知之博、之深，實不愧為四美具二難併。魯孫兄繼《中國吃》、《南北看》兩集之後，復印行此集，我們海內外讀者真是有福了。

劉郁彬

序

余今年趁暑假之便，赴美探視子女，所遇舊雨新知，凡談及國內文化事業時，輒提及魯孫兄，咸認其作品內容充實有趣，膾炙人口。大家所最感遺憾者，為偶然在報紙發現其作品，片段零縑，讀之太不過癮，持囑余於返臺後代購數冊，以空郵寄往。抵臺後，曾向經銷書店訂購不得，乃至坊間書肆，各處搜尋，窮兩日之時間，僅得四本書。昨接作者惠書，告以書籍早已售罄，現正重印中，足徵洛陽紙貴。余唯一馨香禱祝者，為老友之暢銷書不為不法之徒所盜印耳，阿彌陀佛！據余所知，華盛頓大學中文系擬採魯孫兄作品為補充教材，老友文名滿中外，亦與有榮焉。

作者出版本集，特囑余為序，查我們的作家有一歷久彌新之傳統，凡書立序，必請大人物為之，以光篇幅。余之知名度不高，（註：不高乃自詡之詞，若謂「特低」，誰曰不宜）魯孫兄竟以此重任相委，萬不敢當，唯念及余與魯孫兄相交之深、之久，深感拒之不恭，序之有愧。余不動筆久矣，作者以此重擔相託，好有一比：恰似歷屆高中畢業生，參與大專聯考國文一科之考試，搜索枯腸，僅得些許，較諸作者之下筆千言，真不可同世紀而語也。

這篇短序實不能表達余對魯孫兄作品感受於萬一也，是為序。

六十六年九月二十二日於木柵化南新村

唐魯孫先生小傳

唐魯孫，本名葆森，魯孫是他的字。民國前三年九月十日生於北平。滿族鑲紅旗後裔，是清朝珍妃的姪孫。畢業於北平崇德中學、財政商業學校。擅長財稅行政及公司理財，曾任職於財稅機關，對於菸酒稅務稽徵管理有深刻認識。民國三十五年臺灣光復，隨岳父張柳丞先生來臺，任菸酒公賣局秘書。後歷任松山、嘉義、屏東等菸葉廠廠長。當年名噪一時的「雙喜」牌香煙，就是松山菸廠任內推出的。民國六十二年退休，計任公職四十餘年。

先生年輕時就隻身離家外出工作，遊遍全國各地，見多識廣，對民俗掌故知之甚詳，對北平傳統鄉土文化、風俗習慣及宮廷秘聞尤其瞭若指掌，被譽為民俗學家。再加上他出生貴冑之家，有機會出入宮廷，親歷皇家生活，習於品味家廚奇珍，又見多識廣，遍嘗各省獨特美味，對飲食有獨到的品味與見解。閒暇時往往對各家美食揣摩鑽研，改良創新，而有美食家之名。

先生公職退休之後，以其所見所聞進行雜文創作，六十五年起發表文章，民俗、美食成為其創作基調，內容豐富，引人入勝，斐然成章，自成一格。著作有《老古董》、《酸甜苦辣鹹》、《天下味》等十二部（皆為大地版）量多質精，允為一代雜文大家，而文中所傳達的精緻生活美學，更足以為後人典範。

民國七十二年，先生罹患尿毒症，晚年皆為此症所苦。民國七十四年，先生因病過世，享年七十七歲。

乾清門「進克食」記

自從清社既屋，民國肇建，溥儀留在那個黃圈圈兒所謂紫禁城裡，一直到馮玉祥逼宮，差不多將近十來年。在這十多年裡，帝制雖廢，可是逢到歲時令節、萬壽慶典、元旦朝賀，宮廷儀注一仍舊貫，只是具體而微罷了。

清朝有一種武職官叫侍衛，分御前侍衛、乾清門侍衛，是專司警蹕扈從的。宣統沒出宮之前，雖然侍衛編制縮小，可是駐守在神武門的禁衛軍仍然有四、五十號人。當時禁衛軍由一位姓毓叫朗軒的統領著，其人瘦小枯乾，嘴唇上長著幾根七上八下的狗蠅鬍子，談吐風趣雋永，而且善於摟罵，頗得開玩笑的真諦，所以毓爺三教九流各行各業的朋友都有，大家都管他叫四爺而不名。其實人家排行在二，根本不是行四。因為毓爺不但音容笑貌跟《七俠五義》裡的翻江鼠蔣平好像一個模子裡刻出來的，就是對人處世急公好義的勁兒，跟蔣四爺也不差分毫，所以大家都稱呼他四爺。所謂四爺者，即蔣四爺也。他從二爺降級為四爺，也居之不疑，而且引以為榮，由此可見咱們四爺有多四海啦。

四爺整天是離不開鼻煙的，時常誇讚自己鼻關耐力特強，就是聞一鼻子白胡椒粉也不會打噴嚏。有一次恰跟毓四爺同席，正趕上三伏天，筆者身上帶有一瓶塊劑阿莫尼亞精，是預防中暑用的。四爺平素雖然經得多、見得廣，大概這路洋玩藝，還沒見識過，於是掏出瓶來跟四爺開開玩笑，賭個小東。如果四爺聞了之後，毫無感覺，筆者在東興樓輸酒一桌；四爺輸了，請筆者吃一頓紫禁城的祭肉。誰知阿莫尼亞是由竅及腦，跟鼻煙僅僅刺激鼻關的性質兩樣，他一嗅之下，不僅噴嚏連天打個不停，而且涕泗交流，鬧了個紅頭脹臉，只有認輸。

散席之後，我也就把這件事忘啦。有一天剛吃完晚飯，毓四忽然大駕光臨，敢情是特踐前約請吃祭肉來的。吃祭肉是件新鮮事兒，除非跟侍衛們有交情，等閒人是吃不到的，於是跟他進了神武門。

在順貞門外，坐北朝南有一排高臺階屋子，就是禁衛軍辦公室（後來故宮博物院拍賣丸散膏丹、皮貨、疋頭、茶葉、繡貨的倉庫就設在那兒），因為當值分白晚班的關係，屋裡朝南有一排大炕，有蘇拉（宮中雜役）伺候茶水，炕桌擺有細瓷茶壺、茶碗，炕上兩頭矮條櫃上放著蓋瓷缸，裡頭放滿了大小八件（北方點心鋪做的甜點心）、大花生、糖炒栗子一類甜食。

輪值的侍衛人員有十多位，最有趣的是大家洗完臉之後，每位都有一枝京八寸的旱煙袋，懷裡都揣著一隻鼻煙壺。當時雖然香煙已經極為普遍，可是這群侍衛老爺就沒有一位帶著洋煙捲兒的。好在筆者一向是抽慣了煙斗的，大家拿出煙袋一吧嗒，倒也顯得很合群。山南海北一通瞎聊，不知不覺就是二更天，侍衛老爺都換上短裝，有的綁上袖箭，有的揣起二人奪（匕首），每人還有手槍一把，四人一撥，出去巡邏。工作很認真，還真像回事。沒出去的人，有的和衣打盹，有的閉目養神，有的燈下看書。剛一交四更，巡邏人等就都陸續回來，各屋蘇拉就送來面湯、漱口水，請老爺進克食了（滿洲話進餐、吃祭肉都叫進克食）。等大家漱洗完畢，天也不過是矇矇亮，蘇拉用托盤送進來的餐具，是每位中型暖盅一隻，醬褐色手紙切成豆腐乾大小，一寸多厚一搭。筆者心裡想，吃祭肉用這些小塊手紙幹嘛呀，恐怕露怯，所以也沒敢問。

一會兒工夫，蘇拉拈來一隻大紫銅壺，外頭罩著厚布套，壺裡是滾開的濃郁膏腴的白肉湯，一個竹邊銅絲小漏斗，說了句「請爺加滷子」。筆者弄不清該怎麼辦，幸虧毓四怕我受窘，急忙把漏斗加在我的暖盅上，肉湯從漏斗沖到盅裡，立刻成了一盅上好的醬汁。

另外後面有一個捧著錢簸籮的蘇拉，毓四從銀包裡拿出四個大銅板往簸籮裡一扔，說兩份四個。那位仁兄立刻拿出兩把帶木把的解手刀，往炕桌上一放，又挨桌收錢送刀子去了。這個時候有人喊肥，有人偏喊瘦，此起彼落，非常熱鬧。跟著有一位矮老頭兒，捧著一張大托盤進來，每桌放下兩大盤白煮肉，另外還有幾個發麵荷葉捲子，肉片有手巴掌大小，有肥有瘦，薄到可以跟北平冬天賣的羊頭肉媲美，真是凝脂玉潤，其薄如紙。白肉蘸醬汁，夾在捲子裡吃，甘腴適口，肥而不膩。那比砂鍋居的白肉要高明多啦。

據毓四說，清太祖當年還沒進關踐位大統的時候，跟明軍兵將在老哈河一帶展開拉鋸戰，有一次中計被圍，清太祖混入亂軍之中，突圍落荒而走，明軍兵將緊緊追趕。太祖看見遠處有一茅草棚子隱隱露出燈光，等走到近處一看，原來是一對鬢髮如霜的老頭、老奶奶，正在推磨子榨豆漿，準備早市呢。一看太祖英姿颯爽，氣度軒昂，也猜出是員逃將，於是指了指石磨後頭的草垛子，太祖就藏在草垛子裡啦。等追兵來到，兩位老人家一味裝聾作啞，結果指點追兵朝相反方向追下，太祖才倖免於難。後來追念兩老救命之恩，可是黑夜倉促之間，記不清是哪個村落，又忘了問兩老姓名，一直耿耿於懷。等到踐位大統，就在神武門裡、順貞門外蓋了一座小廟供奉那兩位老人家。因為是萬曆年間的事，所以就說供的是萬曆媽媽。全國的庵觀寺院，除了家廟，都由出家人當住持，只有這座小廟是由大內御花園真武殿值年太監兼管。每天用一隻全豬燒香上供。別瞧這座廟不大，不論什麼禁屠大齋日子，可是給萬曆媽媽上供的豬，永遠是供應不誤。後來皇室經費雖然極端困窘，這個祭典仍然沒廢，直到宣統出宮，那位萬曆媽媽才斷絕了香火供應。每天早晨，還要給萬曆媽媽供一遍香茶，沏茶也是用玉泉山運來的御用泉水。提起玉泉山的水，也還有段小掌故。

不知是清朝哪一年開始，帝后飲用的水，都是每天從玉泉山運來的。凡是在北平久住的人，只要常去清華、燕京，或是逛逛西山、頤和園，總會碰上一輛騾車，拉著一隻大水櫃，車上插著一面小黃旗，緩緩而行。那是宮廷專用水車，從玉泉山把泉水運進宮去供應內廷使用的。一天兩趟，風雨無缺。水車一進神武門，可得先給萬曆媽媽廟裡留下一提樑子水，好沏茶上供，這壺剩下的水可也就歸侍御老爺們早茶享用了。

民國二十年左右，故宮博物院分三路正式開放，憑票參觀。有一次筆者同朋友參觀西路，還看見這座奇特的小廟，已經是古苔夾徑，兀立在殘陽蔓草間呢。

至於吃祭肉何以不准蘸醬油，不准用筷子，要用解手刀，毓四可就說不出所以然了。後來筆者在天津跟息侯金梁同席，這位金少保說，萬曆媽媽當年是開豆腐坊的，忌用豆類製品上供，醬油是豆類釀造而成，所以也在禁用之列。金老昔年在乾清門也當過值，彼時吃胙肉還都是淡食，大家看著祭肉皺眉頭，白咕嘶咧的肉，誰都沒法下嚥。後來有一位蘇拉，腦筋特別轉得快。他把草紙浸在高醬油裡吸飽再陰乾，吃肉時把醬油草紙用高湯一沖，有醬油之用，而無醬油之名，大家既不違背祖制，又可免於淡食之苦，豈不一舉兩得。從此大伙兒才免於淡食。按照滿洲的習俗，凡是郊天釋奠，享用祭品一律都用刀子，所以吃萬曆媽媽祭肉，也是捨筷子而不用。如今談到吃胙肉，早已成為歷史名詞，不過偶然在此間四川館吃到大片的蒜泥白肉的時候，又不禁引起思古之情了。

湖南菜與譚廚

有句老話「民以食為天」，上古時代人們穴居野處，能夠茹毛飲血填飽肚子，也就算啦。等到有了宮城之美、輧駟之盛、黼黻之華，飲食割烹之道，當然也跟著水陸雜陳，日新月異。烹飪雖然是餔餟小事，可是卻跟一國的文化息息相關。中國在世界上以文化來說，是源遠流長、博大精深、最古老的國家，所以中國飲饌烹調，也是馳名於全世界的。

聽老一輩傳說，清代食譜，順著河流的繁衍縈迴，可以區分三大類派：嶺南派，珠江流域，以廣州為中心；廣州開埠最早，輧舶如雲，豪商萃集，對於吃喝玩樂，當然是窮奢極慾。南派，長江流域，以揚州為中心；因為鹽務衙門設在揚州，引要食岸各類鹽商，也都以揚州為集散地，官商仕宦，都是富而多金，交往酬酢，對於飲食自然精益求精，甚且炫奇誇異，爭強鬥勝。北派，黃河流域，以開封為中心；因為河督在清代是有數的肥缺，河督衙門設在開封，冠蓋雲集，酬酢殷繁，大家對於飲食徵逐也就珍錯畢備，令人為之咋舌了。

湖南菜講究大盤、大碗、長筷子、雙拼桌面，一桌可以坐上十七八個人，雖然因為風土氣候關係，偏重辣味，可是一般菜肴也都是肥厚濃腴，仍然本著長江一帶烹調的本色。湖南菜應當以長沙菜做代表，著名飯館有醉白樓、奇珍閣、玉樓東、健樂園、徐長興、馬上侯、薇廬、曲園，另外帥玉、劉洪、彭廚、柳廚也都是個中翹楚。

在長沙還有一樣挺特別的，是幾位知名的老饕，大家公認的美食專家，凡是他們小酌大宴所開的菜單，酒肆菜飯都視同瑰寶把它抄存起來。當時在長沙最叫得響的木客（**大木材商**）是劉一平，他最擅長點菜，一桌酒席他能配合得濃淡適宜，葷素並陳，時鮮悉備，令人爽口充腸，絕不厭膩。他的菜單一般吃客都像寶貝似的收藏起來，叫做劉單。還有一位蕭石朋先生也是長沙的聞人，三五人小酌，他點幾個菜，那真是清鮮適口，而且價錢廉宜，所以他的菜大家稱之為蕭單。長沙吃客有句話是「大宴遵劉」、「小酌從蕭」，足證長沙人對劉、蕭菜單的推崇傾倒。

筆者知好劉孟白，是劉一平的胞侄，在長沙任中國農民銀行經理，我們同學知好一共五人，曾經做過一次長沙平原十日飲，所以對於湖南的名肴、名廚，雖不能說全都遍嘗，可也吃了十之八九。可惜當時蕭單、劉單都沒抄下來，否則現在如果進到此間的湘館點菜，豈不可以混充湖南大老足唬一氣了嗎？

說到譚廚，其實並不完全是譚組庵先生調教出來的名庖，而是他老太爺譚文勤公的老廚師，調和鼎鼐本已孕育宏深，不過再由畏公精研入趣，佚出恤蹊而已。譚廚行四，叫曹藎臣，長沙人，最初是湖南布政史武進莊賡年的廚師。莊平素對服飾、飲食非常講究，曹四受莊的薰陶指點，烹調治饌日新又新。自莊心安去世之後，曹四才到譚府主廚的。

譚文勤在廣東多年，口味多少受點粵菜的影響，所以曹廚的菜是淮揚菜的底子，嶺南菜的手法，如果說他做的是湖南菜，還不如說他是集中國菜之精英，而不是囿於哪一省、哪一個地方的來得恰當。

呂蘧生（苾壽）世丈是先伯祖文貞公的門生，當呂任職浙江民政廳的時候到上海來洽公，剛巧江西李木齋也來上海。彼此同僚知好，蘧生先生一方面約大家聚一聚，同時也含有要把自己的廚子顯擺一番。

呂的廚師曹華臣行九，大眾都說曹九是曹四的兄弟，雖然聲名不及曹四，可也算是響噹噹的名廚。李木老精於飲饌，也是出了名的。曹九知道這一席請的全是赫赫有名的吃客，等閒大意不得。曹四彼時正在杭州，曹九為了刻意求精，特地把四哥從杭州約來主廚。

譚組庵先生是吃魚翅專家，譚廚當然以魚翅做得最拿手啦，先說魚翅吧，雖然都是翅子，可是其中的講究可就大啦。廣州是全國最考究吃魚翅的地方，據冠生園老闆張澤民說：翅身是按魚的大小、部位來分好壞，大致可以分為尾翅、翼翅（又叫裙翅臀面）、划水翅（又叫勾翅）、脊翅、荷包翅幾種。大魚胸脊部分，翅絲特別長，所以又叫排翅。一般人只知道短與疏的叫散翅，茸而密的叫荷包翅而已。張是名庖兼吃客，因此才能分析得那麼周全。話越扯越遠，咱們還是拉回來談譚廚的魚翅吧。

譚廚的紅燜大篾翅又叫排翅，是他的主菜。有人說，畏公一生尊榮富貴，絕不會用不起上品魚翅，而用竹篾做板，夾成排翅。若知道真正紅燜魚翅，雖然是少不了火腿、雞塊、鮑魚一類東西助味，可是整盤魚翅，講究滿幫滿底完全是魚翅，不見其他助味的材料，才是珍品。所以什麼火腿、雞塊、鮑魚跟魚翅一樣，都是竹篾夾起來燒，等到了火候，所有火腿、雞塊、鮑魚等一律夾出，全不上盤。有人說譚府的下飯菜有了火腿、雞塊，那準是畏公大宴賓客了。

譚文勤公宦遊南粵多年，曹廚的魚翅做法是以嶺南焗燜為經，淮揚煨燉為緯，再摻糅譚氏兩代「熟爛唯上、助味無雜」的無上心法。因此譚廚的紅燜大裙翅，除了深秋宴客改用蟹粉魚翅外，魚翅端上桌來，只見針長唇厚，滿滿一盤魚翅，別無雜菜。等魚翅入口，那真是味厚汁濃，稱得上甘肥膏腴，濃郁淋漓，唇舌膠結。座上賓客，無不交相讚譽，誇為神品。

大家都知道譚畏公是吃魚翅專家，譚府曹藎臣是做魚翅大行家，哪知曹廚在廣東時候有一個溏心鯉魚更是一絕。當初因為粵漢鐵路還沒通車，湖南海味魚蝦都缺，英雄無用武之地。等到曹四來到江浙魚米之鄉，盡多的是魚蛤蝦蟹，於是譚廚宴客又多了一道名菜，就是溏心鯉魚。據說鯉魚一定要用土種大鯉魚，去頭尾整塊用文火煨燉。因為魚肉未用刀劃，不經鐵器，火工到家，吃的時候，魚肉濃郁柔嫩，如果不說是鯉魚，凡是沒有吃過這道菜的人，誰也不相信白如羊脂、潤如蛋白的是魚肉呢。把魚翅煨爛不算奇，能把鯉魚肉煨成溏心，除譚廚曹四外，恐怕還沒有第二人呢。

民國十幾年，小四行（大陸、鹽業、金城、中南叫小四行，中、中、交、農叫

大四行）在上海開會，大陸銀行的譚丹崖、金城銀行的周作民、鹽業銀行的岳乾齋都到上海來開會，身為地主，中南銀行的胡筆江自然要好好招待一番，以盡地主之誼。譚、周、岳在銀行界人稱美食三劍客，現在薈萃一堂，胡筆江只有情商譚廚曹藎臣來撐撐場面了。

這一桌席，除了紅燜大裙翅、溏心鯉魚是必備的主菜外，因為客人都是五旬以上的老人（**在當年一過五十歲就算老人了**），所以譚廚特地燒了一道蟀螯燉鹿筋，蟀螯是一種蛤介類食物，跟臺灣的西施舌彷彿，可是鮮美過之。鹿筋對老人健康很有助益，可是微嫌燥熱。蟀螯涼性，兩者相輔相成，就成了溫補的神品。曹四的菜以熟、爛、黏稱拿手，這道當然是食盡其器，皆大歡喜。

岳乾齋生平最愛吃豆腐，每日三餐總有一味豆腐，所以畏公豆腐本來是家常飯菜，那天也上了酒席。畏公豆腐雖然是一道飯菜，可是在豆腐上所下的工夫，並不少於一道紅燜魚翅。據說豆腐先用吊好的黃豆芽湯煮，等豆腐生滿了蜂窩眼，再用清雞湯燉。吃的時候，配料再下鍋燒，所以豆腐絕對沒豆腥味。雞湯灌注馬蜂眼，炒菜的油，不能滲入，豆腐入口腴潤，柔而不膩。普通菜館雖然也賣畏公豆腐，其工候滋味，那就不能同日而語了。

竹節雞盅，也是譚廚一道名菜。譚廚所用竹節全是新竹，取其竹茹清香，每節只有幾粒雞丁，三五片竹蓀，湯則澄明瑩澈，醉飽之餘，啜飲數口，不但卻膩，而且醒酒，可以算是席上逸品了。

聽說那一席酒，曹四分文不收，只求筆江先生把他一位復旦大學剛畢業的內親用進中南銀行就感謝不盡了。筆江先生欠了曹藎臣這份大人情，他又是言必信、行必果的君子，曹四那位令親自然是如願以償，到中南銀行上班啦。

曹四的後人，後來都改行從商。倒是曹九的兒子曹健和，也是烹調高手，一直跟著宋子文先生司庖。宋去世後，曹健和在華盛頓開了一家北京樓，也算譚廚海外嫡系。不過海外真正會吃的嘴巴不多，曹也不屑於切剁配料，親自動手。可是碰到真正吃客，海外逢知己，曹一高興，挽起袖子炒上一兩個敬菜，那倒是不同凡響，別有一番滋味呢。

天寒歲暮憶臘八

每年冬季一過冬至，轉眼之間就是農曆臘月初八。當年在大陸，所有信佛教的人，對於臘月初八都稱之為佛臘，又叫臘八節。自古相傳，那一天是佛教始祖釋迦牟尼證道的佛日。依據佛典的記載，釋迦牟尼是周昭王在位十六年，生於中印度憍薩羅國的一位皇子，生下來就有超人的智慧。到了他二十九歲時，禪心一點，忽然悟道，以皇子之尊，毅然悄悄溜出王城，千辛萬苦，跋涉險阻，雲遊到了藍摩國，遇到一位先知聖哲，就皈依佛門，落髮為僧了。

印度曆法是建子的，釋迦皈依那天，印曆是二月八日，拿中國建寅的夏曆來推算，恰好是夏曆的十二月初八，於是中國佛教徒眾就把臘月初八定為佛祖證果成道的吉日良辰了。

臘八粥源遠流長，由來已久，據說起源於印度。佛祖涅槃，佛門弟子用豆果黍米熬粥供佛，說是喝了佛粥，可以上邀佛祖庇佑。自從佛教傳來中土，各大禪林寺院都在臘月初八那天清晨熬粥供佛，因為粥裡不但有五穀雜糧，為示誠敬，而且還有各式各樣珍貴乾果，所以又叫七寶五味粥。凡是當天來廟燒香拜佛的善男信女、僧眾，都會請到齋堂嘗嘗供佛餘餕的臘八粥，香敬加倍布施，香客帶福還家，彼此皆大歡喜。

東亞國家泰國是純粹佛教國家，臘月初八也有煲粥供佛的習俗。有些香客來廟添汶（**泰國人到廟裡燒香禮佛叫添汶**），也可以啜到臘八粥，不過他們不叫臘八粥，而叫國粥。名雖不同，同源異流，其意義是如出一轍的呢。

中國民間喝臘八粥，始於漢武帝時代，到了盛唐，過臘八節、啜臘八粥的風氣曾經盛極一時。清朝康熙中葉，因為天下承平已久，於是由皇帝頒賜有功臣僚臘八粥供佛，以示榮寵。雍正即位之後，並且讓官窯特製白地青花瓷粥罐，遍賞親貴近臣。後來有人無意中發現，這種瓷罐如果注入清水養植芍藥，比起一般瓶罍，可以耐久三四天。這一傳說不要緊，倒是這些平常被人漠視的粥罐，都變成琉璃廠古玩鋪的珍品了。

熬製臘八粥的習俗，大江南北、黃河兩岸各省好像都很普遍。依我個人喝過的臘八粥，以北平最為考究，拿粥料來說，糯米、小米、玉米糁、高粱米、大麥仁、薏仁米都是必不可少的。拿粥果來說，乾百合、乾蓮子、榛瓤、松子、杏仁、核桃、栗子、紅棗也是不可或缺的。同時還要把紅棗煮熟剝皮去核，把棗子皮再用水煮，澄出湯來倒在鍋裡一塊熬粥，取其棗香。百合、蓮子也要跟粥料一齊下鍋，至於其他粥果如紅棗、栗子、榛瓤、核桃一類粥果，都是剝皮去核另外放著，等粥上桌，各種粥果要多要少自己來放。所有供佛祭祖的臘八粥，照老媽媽論說，沒有用碗盛的，一律用粥罐，粥裡只准放頭貢、二貢（**白糖的種類名稱**）。同時因為粥罐面積大，粥面一繃皮子，有的巧手小姑娘，用山裡紅、荔枝、龍眼，配上松子仁、瓜子仁，做出各式各樣的花鳥蟲魚，彷彿蒸鳧炙鳩，鱗鬣宛然，放在粥皮子上，真是餔饌風流，令人嘆為觀止。

供佛祭祖完畢，凡是廊前檻外，古樹柔枝，都要在虬幹花根濃濃的澆上一勺臘八粥，據說獻歲發春，不但莖幹挺茁，而且葉茂花繁。是否真有此事，也就沒人去理會啦。

臘八那天，近支王公、椒房貴戚家中所熬的臘八粥，除了供佛祭祖之外，還要呈獻內廷。進貢的粥也用罐裝，另外還要陪襯兩菜兩點，含意是供佛的供尖兒（**佛**

前供品可以得福），所以菜點全用淨素。高華門第，戚屬之間還要互相餽贈。有的交遊廣闊，熬粥都是初七午夜開始，一大鍋跟著一大鍋，要熬到天亮才算大功告成，連粥帶點分送親友，差不多要忙一整天，才能分送完畢。人固然是筋疲力盡，而這筆開支，也確實不菲呢。

談到皇宮裡賞粥給王公貴戚，一直到宣統出宮之前，在街上還能看見太監送粥的鏡頭。談起宮裡賞粥，是由太監一名，率領蘇拉一名，一清早就到各王公府邸送粥。雖然一直用瓷罐盛粥，可是後來所用的瓷罐不外是天官賜福、三星拱照、如意吉祥等類圖案，比起雍正白地青花，質地粗細，花式俗雅，簡直就無法相比了。

民國初年，太監到各宅送粥，太監車敬是一元二角一份。蘇拉使力是一百二十枚一份，舉家大小，不論男女每人敬使一份。所以當時走紅的太監，專挑人口眾多的人家去送。至於人少口薄的人家，那就歸不太走紅的太監去辛苦啦。至於粥送到人家，把粥供奉中堂，舉家大小依序磕頭謝恩，太監直挺挺的站在一旁，等禮成之後，要是彼此相識，寒暄兩句，再恭送如儀；如不相熟，行禮已畢，立即告辭上車而去。

至於御賜的臘八粥滋味如何，除了榮膺上賞、粥出御膳房之外，論滋味恐怕比一般豪富之家還不如呢。來到臺灣近三十年，雖然偶或也喝過幾次似是而非的臘八粥，因為此間不出產紅棗，粥裡沒有棗香，總覺得臘八粥裡似乎缺點什麼似的。

蟹話

一般老饕，除了胃寒不動海鮮以外，大概沒有不愛吃螃蟹的了。平津一帶吃螃蟹講究七尖八團，江南說是九月尖臍十月團。總而言之在大陸，每當東籬菊綻、金風薦爽的時候，也正是吃螃蟹的季節。

北平吃螃蟹，講究到前門外肉市正陽樓去吃。因為這家的螃蟹，全是從河北省靠近天津一個水村勝芳運來的，每天中午螃蟹一卸下火車，運進前門外大菜市，正陽樓必定一馬當先，盡量地挑、盡量地選。挑夠了，才歸分行正式開秤。

根據父老們的傳說，清朝乾隆皇帝有次微行，走進正陽樓吃螃蟹。吃了兩隻意猶未足，打算再來兩隻，不料，堂倌回說，市上到貨不多，已經賣光了。乾隆皇帝記在心裡，打道回宮後，就讓內務府通知該處，只要螃蟹一上市，先由正陽樓盡量挑選，然後再行開秤。這個傳說是真是假姑且不談，不過七七事變前夕，前門大菜市螃蟹一卸車，始終由正陽樓優先挑選，那是絲毫不假。據我猜想，不管皇帝老倌有沒有那道上諭，人家正陽樓是長久大主顧，不計價錢高低，買的又多，才是維持老例若干年的真正原因。

東北的大螃蟹腿和松花江的白魚都是關東赫赫有名的海產。大螃蟹的腿特別粗壯，跟螯甲不成正比，黃少膏稀，獨肥蟹腿。一隻蟹腿最大的，甚至長達四五尺，可以剔出蟹肉三、四斤之多，雖然肉多且厚，可是細嫩鮮腴，不輸湖蟹。因為沒有蟹膏，東北一帶會吃的朋友總是買幾斤蠣黃和蟹肉熬油，可保經久不壞。用少許煮麵，爽而不濡，厚而不膩，誠屬隆冬無上禦寒雋品。

當年關外王張雨亭每次到北平，必定先到北兵馬司用沐恩的紅單帖，給他的老師旡補老人趙爾巽請安，拜謁時，不忘帶上松花江白魚、哈爾濱大螃蟹孝敬恩師。筆者曾享餘餕，現在偶然想起來，仍覺其味醰醰呢。

如果您愛吃螃蟹，又住在上海、崑山、常熟、無錫、蘇州一帶，那麼無窮的口福，豈又筆墨所能形容！

上海人所謂大閘蟹，就是陽澄湖的名產。陽澄湖在蘇州東北，是長江三角洲湖泊裡最大的一個淡水湖。湖的面積有一百二十里方圓，湖水卻只有兩丈多深，最妙的是水底平坦，水面如鏡，不但清澈見底，簡直和天下第一泉北平玉泉山同樣的明淨拔俗。湖裡雖然也產鰱、鱖、鯽、鯉一些魚類，怎奈光影盡被陽澄湖的大閘蟹掩住啦。

有一年筆者偕舍親李芋龕昆仲同遊陽澄湖。湖面上煙波浩瀚，碧空塵洗；港汊曲折縈迴，網罟處處。網上來的鐵甲將軍，個個活躍堅實，令人饞涎欲滴。在湖艇上吃螃蟹饒富情趣，氣氛之好，味道之鮮，岸上館子望塵莫及。可惜李氏弟兄自幼茹素，葷腥不沾，我雖然食指大動，也不便一個人獨啖，只好雖入寶山，空手賦歸。

第二年初冬隨侍先外祖慈到崑山禮佛，碰上崑山縣長是多年世誼，送來四簍陽澄湖大閘蟹，隻隻精壯肥碩，不但殼肉細嫩，就是腿肉都是鮮中帶點甜絲絲的鮮味，至於膏黃的腴潤醇厚更不在話下。筆者於是大飽饞吻，旁邊還有人代為剔剝，最後還拿大甲汆湯來醒酒，總算痛痛快快吃了一頓心滿意足的陽澄大蟹。

書法家清道人李瑞清自稱一頓能吃螃蟹一百隻，所以自號「李百蟹」。我對他的蟹量始終懷疑。江蘇柳詒徵貢禾叔侄和清道人詩酒往還，文字交深，據貢禾兄說，清道人蟹量之大確實驚人，所謂百隻連螯帶腿都是一併下肚。如果所言當真，清道人吃蟹之技著實「超絕群倫」！

當年國學大師章太炎夫人湯國梨詩裡曾說：「若非陽澄湖蟹好，人生何必住蘇州。」足證陽澄湖的大蟹多麼讓人留戀。

蘇北里下河一帶，素以河蟹聞名，泰縣近郊，有個地方叫忠保莊，溪流紛歧，景物腴奇，所產大蟹，肥腴鮮嫩不亞於陽澄湖的名產。當地漁民把大蟹一雄一雌，用草繩紮緊，除去繩索上秤一秤，正正老秤十六兩叫作對蟹，這種對蟹尤為名貴。當地有家醬園叫德馨莊，用當地泡子酒做醉蟹，一罎兩隻膏足黃滿，濃淡適度，絕不沙黃，下酒固好，啜粥更妙。

當年黃伯韜將軍駐節維揚，只要到興化泰縣東一帶巡視防務，必定下榻泰縣名剎光孝寺。那時，筆者在泰縣下壩經營一所鹽棧，只要碰上吃熬魚貼餑餑，這位天津老鄉必定趕來飽餐一頓津沽風味。看見棧裡有忠保莊的醉蟹，還要帶兩罎子回去下酒。有一次德馨莊的陳老闆到泰縣收帳，正好黃伯韜在鹽棧吃貼餑餑，他想求黃將軍賜幅墨寶。黃將軍醉飽之餘，逸興大發，鹽棧有紙有筆，黃將軍立刻提筆寫了「東籬菊綻，海陵（**泰縣原名海陵**）蟹肥，洋河高粱，你醉我醉！」一張條幅。現在想起黃伯韜吃蟹揮毫的爽朗豪情，真不愧英雄本色。

據說，陝西有一個僻遠的縣分，由於交通不便，水利不興，所以一般人都沒見過螃蟹。因此有一看香頭的（女巫），利用鄉愚無知，把螃蟹晒乾的恐怖形狀拿來唬人，說是可以驅邪避瘧。有的人家得了瘧疾，搬請巫婆作法，她就把乾蟹殼掛在臥室門上，詭稱除魔治病。後來有位蘇州籍的知縣，看穿女巫的狡詐伎倆，於是不聲不響派人進京，買了幾簍螃蟹帶回縣城，邀請鄉紳們大開眼界，飽啖一番。雖然不加說破，可是真相已經大白。從此，女巫冒用乾螃蟹騙人的事兒絕跡了，「凡人吃妖肉」的故事，交相渲染流傳。

在前清時候，到四川、雲、貴各省服官的督撫，每逢螃蟹上市，朝廷眷念邊遠外官的勳績，每每賞賜螃蟹。一個黃瓷罈子裝上一雄一雌兩隻，多者四罈，少者兩罈。由北通州循著運河南駛，到了清江浦再換江船溯江而上。當年先曾祖在四川總督上任，就曾迭膺上賞，等螃蟹從北平運到四川總督衙門，罈子裡雖然塞滿了高粱穀糠，可是運到地頭，打開罈蓋來看，不但無一生存，而且臭不可聞。覃恩上賞之物，儘管腐臭，還不能隨便拋棄，當時督府後園有一蟹塚，每次恩賞，只有瘞之後園。當年文廷式有一篇〈瘞蟹銘〉，就是指四川總督衙門蟹塚而言。

民國十九年夏天，筆者從天津的紫竹林去上海，坐的是怡和公司的海輪。船走了一天一夜，風平浪靜，到第二天晚，忽然豪雨夾風，大家都認為那是船經過黑水洋應有的現象，孰知風浪越來越大，有如排山倒海，大家才知不妙。只有屏息偃臥，靜以待命。這條船足足在海上跟狂風怒濤搏鬥了三天兩夜。還算萬幸，機械引擎只有一部損毀，還能緩緩行駛，漂流到屬於琉球的一個小島下碇。

船方一面修換機件，補充食糧飲水，客人大都分別上岸找點吃食填肚子。和筆者同艙的有位管君，出身日本帝大，我們相攜上岸，當地人都說日語，因為他有語言的方便，拐彎抹角居然讓我們找到一個叫「白水屋」的小飯館。最令人高興的是法幣可以通用，不怕吃完付不了帳。大難之後，兩人放心大吃大喝。

島上漁民有一種自釀的土酒，和福建的四半酒相似。端上一盤炸得黃亮、焦香、酥脆、像扁的豆子一樣的下酒菜來，一會兒工夫，滿盤精光。嘴巴嚼個不停，腦裡卻不知究竟吃的是動物或是植物？後來細問端菜的女侍，才知道是島上特產，名字叫蝤蛑，也是一種小蟹。每隻只有拇指大小螯腿，因為特別纖細，出水即脫。這種小蟹有一特點，就是所有蟹類都是寒性，只有蝤蛑屬於暖性而且溫補祛濕，所以島上漁民捕魚回航，都是炸點蝤蛑來下酒驅寒。依我個人來說，這種炸蝤蛑的確香腴鮮美，骨軟而酥，用來下酒比烤烏魚子、炸龍蝦片都來得夠味。可惜就只吃過這麼一次，今生恐怕無緣再嘗啦。

今年入夏，筆者雖曾經旅遊東南亞，敢情泰國的螃蟹是四季不缺的，不像大陸每年只有秋天吃螃蟹，臺灣春天才是螃蟹盛產期。曼谷各地大小飯店都有，地地道道的中國飯館有大上海、福祿壽、香格里等四五家，每家都有砂鍋焗大甲這道菜。所謂焗，其實就是乾燒的意思，是廣東餐館專用的名詞。一客砂鍋焗大甲，大約是六十銖（合臺幣一百二十元），一鍋有十幾二十隻大甲，隻隻甲堅螯巨，蟹肉充盈，食蟹有癖的人，吃起來過癮之極。因為泰國既無鎮江米醋，更無浙醋，只有化學白醋。吃蟹糊、醬青蟹、清蒸大蟹，少了生薑、高醋，未免滋味稍遜。只有焗大甲是鹹中帶鮮，用不著米醋來提味的，所以焗大甲在曼谷是一道酒飯兩宜的好菜。

曼谷街頭小吃食攤，有一種類似中國的薄餅賣，餅裡捲和菜、青韭，外帶撒上一些螃蟹肉，捲起來吃，別有風味。也證明了蟹肉在曼谷，是屬於平民食物的範疇，不像香港、臺灣把蟹肉視同無上珍饈。

此外，浙江海鹽有一種白甲蟹，雖然不是純白，可是比一般青蟹顏色淡得多了，蟹殼煮熟也只淺紅，拖麵炸吃，比起秋盤薦爽、引卮大嚼，腦滿腸肥的大紅袍，似乎又雅馴多了。湖北的黃石港有一種雙殼蟹，外殼稍硬，裡殼是軟的，可吃。當地把這種雙殼蟹和小虎頭鯊來燉湯，燉出來的湯白同乳漿，鮮而不滯，裡殼肥厚，直同魚唇，也是別具一格的蟹類。

從古到今，愛吃螃蟹形之於詩詞，托之於吟詠的，的確不少，可是詮次成書的，倒不多見。當年筆者在北平琉璃廠來薰書店看見一本宋朝傅肱撰寫的《蟹譜》，上卷是記錄蟹的掌故，下卷是傅肱自身吃蟹的經歷。雖然不是元明版本，最少也是清初刊鐫。剛以四塊大洋買妥，碰巧藏園老人傅沅叔不期而至。他把我已買妥的《蟹譜》翻了又翻，看了又看，格於君子不奪人所好，可是又不忍釋手，只好說是借去看看，不日還歸。他是筆者的世叔，又不便推卻，只好由他老人家拿走，從此一借不還。筆者花了四塊大洋，究竟內容如何，自己連看都沒看過。來到臺灣近三十年，每逢逛書攤都特別留心，總想再買一本《蟹譜》，始終沒找到。這種古書是可遇而不可求的，每當桂子飄香，持螯把酒的時候，一想起那本《蟹譜》來，心裡就有一種莫名的悵惘。

話啤酒

啤酒又名麥酒，顧名思義是用大麥釀造的。啤酒不是烈性酒類，而是介乎酒和飲料之間，既可健脾養胃，還能解渴卻暑，就是多喝兩杯，對身體也沒有什麼大礙。

啤酒的歷史，可以說源遠流長。依據外國史學家考證，巴比倫人和埃及人早在六千年前就懂得釀造啤酒。後來流傳到希臘、羅馬，再傳到英國。美國雖然是啤酒消耗量的大國，可是一直到十八世紀德國人移民至美國時，才正式釀造第一批啤酒。

埃及在雷米二世時，每年得用三萬加侖啤酒祭神，當時埃及上流社會視啤酒為無上珍品，互相饋贈。並以「奉上啤酒用來敬奉您的先人」這句話，作為最禮貌的祝詞。美國芝加哥大學校園裡到現在還保存著一塊石碑，上面寫著：「三千五百年以前，在美索不達米亞大平原上，人們暢飲啤酒。」由此可見，啤酒是自古已有的一種酒類。最早的啤酒，據說是用發酵過的大麥和麥芽混合物所釀成，稱為「強麥酒」、「漲帽」、「法老王」、「史汀格」、「尼匹坦登」，這些酒在歐洲大陸統稱啤酒。

十六世紀中葉，有位德國啤酒專家靈機一動，在啤酒裡加點香料——「霍普」，通稱啤酒花。一試之下，清醇味永，於是信心大增。先運到英國試銷，在英國各地跟英格蘭土製麥酒，展開了非常激烈的競爭，結果加了啤酒花的啤酒大獲全勝。一直到今天，世界各國的啤酒全都摻有啤酒花。一杯在握，立刻散珠噴雪，充滿了繽紛馥郁的酒氣，酒國君子還把這件事情賜以佳名，稱之為「霍普戰爭」。

當年英國伊莉莎白王朝時代，啤酒分為兩種，一種是雙料酒，一種是單料酒。雙料啤酒酒精度高，味道像威士忌，比較濃烈，最受癮大的酒客歡迎。因此酗酒滋事也就層出不窮，街頭巷尾，每天盡是些醉醺醺的酒鬼。一般從事釀造業的人又都重利視短，鑑於雙料啤酒利潤厚、銷售快，索性停止釀造單料啤酒，集中全力釀造雙料啤酒。當時是亨利三世時代，基於各地水源不夠潔淨，時常有癘疫發生，同時當時還沒有汽水、咖啡之類飲料，曾經下令提倡，將單料啤酒作為日常飲料，變成一般平民解渴的恩物。因此，清淡的啤酒一旦停辦，社會上立刻怨聲四起。情勢所逼，不得不下詔，勒令釀造業恢復造單料啤酒，才把一場啤酒風波弭平。

現在我們喝的啤酒，雖然沒有單、雙料之分，卻有生、熟之別。只是生啤酒和熟啤酒有什麼不同，好多喝了若干年啤酒的朋友，還是弄不清楚的。

釀造啤酒，水質必須明淨甘冽，不能含有微生物、礦物質，可是淨化得太厲害，又釀不出好酒。它的過程，是先把麥芽和糙米用粉碎機磨成粉子，放到糖化鍋裡，加水加熱，讓它完全糖化後，送往過濾機，濾清渣滓。然後在純潔的麥汁加入啤酒花煮滾，抽出啤酒花的成分，再適度蒸煮，用分離機將啤酒花的糟粕濾乾淨之後，連同麥汁注入沉澱槽。所有澄清後的汁液送入冷卻機，經過冷卻作用，溫度降到攝氏七度左右，再摻入適量的酵母，讓它二十四小時繁殖，導入特製的發酵桶。大約歷時一週的發酵，就成了新酒。最後貯藏在零度以下冷窖的貯酒桶裡，經過三個月的二度發酵，桶裡的啤酒才算正式成熟。這種啤酒因為還沒有經過殺菌手續，就是所謂生啤酒了。

這種生啤酒冷香適口，風味夐絕，可惜酒裡含有野生酵母，雖然無損於飲者的健康，可是一經開桶，短時間就有混濁現象，不耐久存。所以出售的啤酒，在輸入裝酒機裝瓶罐前必須透過殺菌處理，大約要一小時才能殺菌，再加嚴密檢查，裝瓶、裝罐出售，這才是市面上行銷的熟啤酒。

啤酒是極富營養價值的飲料，除了糖分、消化蛋白質、礦物質外，所含的碳酸氣和苦味質，還能促進消化。通常一大杯啤酒所含的酒精只有四分之一盎司，據醫學界化驗，飯後一品脫半的啤酒，在人體內所發生的酒精作用，只等於一盎司威士忌酒，那真是微乎其微了。

前幾年德國有位營養學專家佛郎士勒博士，在德國醫學雜誌發表研究報告說：「一升啤酒的營養價值，相當於六十公克麵包中所含蛋白質量，或相當於一百五十公克麵包所含碳水化合物量。如果以它所產生的熱量來說，相當於六十公克奶油，六隻雞蛋，五百公克土豆，一百公克巧克力，或者是四百四十公克瘦豬肉。」

日本醫學界也認為啤酒含有豐富的維他命，可以供人體需要的大部分各種維他命。美國醫學界說，啤酒對於有高血壓的病人，有顯著治療作用，近來更發現有些輕微膀胱結石的人，只要盡量多喝啤酒，細小的結石，在排尿時會不知不覺從尿道排出體外。這些事例，在咱們中國也已經是屢見不鮮了。

喝啤酒的朋友，有人偏愛生啤酒，說是啤酒越新鮮越好，一開桶就有一種蓊勃酒香直透鼻關。啤酒一開瓶，頭一口酒確實適口香醇，如果剩下半杯，歇一會兒再喝，不但香味盡失，而且後味苦中帶澀，就是證明。愛喝熟啤酒的人則認為熟啤酒蘊存香氣，濃郁悠遠，是生啤酒中所沒有的意境。所以英國詩人威廉傅漢日常以熟啤酒代茶或咖啡，可是生啤酒絕不沾唇。到現在，生、熟啤酒誰優誰劣，始終沒有定論，只有各從所好來評優劣吧。

臺灣早先也製造黑啤酒，不過近年市面上買不到了。歐洲各國對於黑啤酒的興趣，仍舊極高，尤其英、德兩國。英國有一種力夫牌啤酒，酒精度略高，頗受一般勞動份子歡迎。德國人啤酒消耗量大，舉世聞名，男女老幼把啤酒當作飲料。他們有一種羊牌甜啤酒，每年入冬釀造，春天開桶，顏色比普通啤酒重，像琥珀般晶瑩，特別淳厚香甜。酒不厭甜，只怕甜而不爽，羊牌啤酒確能讓人有甘爽適口的味覺。據說這種甜啤酒也只有德國一個叫愛因貝克的地方才能釀造，釀造時間又限於冬季，所以產量不多。當年上海大來飯店的老闆就是在愛因貝克出生，每年春天可以分到三、兩桶真正羊牌甜啤酒，運到上海來供應老主顧品嘗。當年在上海精於飲饌的朋友，若不是識途老馬，恐怕嘗過這種啤酒的人也不多呢。

美國人釀造啤酒為時很遲。可是啤酒在美國的社會地位，非僅根深柢固，而且全年銷售量相當於其他飲料的四倍。除了當飲料外，甚至於洗頭髮、梳小辮、燉火腿都用得上啤酒。釀造業在美國既為主要生產事業之一，所以儘管起步落後，釀造技術精益求精，反而後來居上。大凡說來，美國人對於品酒多半大而化之，沒有英、法、德、義的啤酒專家來得精湛。聽說英國、德國各有幾種著名的啤酒，因為釀造地點不同，而酒的香味也就各異其味，他們到口一嘗，立刻能夠說出是何處釀造的產品，真是神乎其技。

啤酒和紹興酒一樣，對光線特別敏感，如果把啤酒桶放在太陽下晒上兩小時，酒裡產生一種令人難以忍耐的怪味。所以瓶裝啤酒都是用黑褐色瓶子，主要是怕日光直射，影響酒味。喝啤酒究竟是泡沫多好，還是泡沫少好呢？大體來講，德國人多半喜歡泡沫多，美國人大致喜歡泡沫少。雖然有人說啤酒泡沫多少與味道無關，可是有一個粗壯的把手、厚重鏤花的玻璃杯，注滿琥珀色的啤酒，杯上堆滿雪白的酒花，邊聞邊喝，一種靈性融合的意境，不是個中人豈能體會到這種酒中的樂趣？

喝啤酒的酒杯應該多大？一般來說，一杯酒換兩口氣來喝光最合理想。太小似乎不夠勁，太大又嫌換氣多，泡沫全化為烏有啦。德國人喜愛用大杯喝個痛快，美國人喝啤酒所用的酒杯全不太大。近幾年又出新花樣，改用有腳的玻璃杯了。因為啤酒冰凍冷度高，帶腳的杯子可以避免杯底的濕氣水分沾濕了桌巾，其實杯子有腳沒有腳，對於酒的品質是沒有影響的，改用帶腳杯，也不過是擺擺排場而已。

有的人撕開酒罐蓋子就喝，有的人打開瓶蓋，一仰脖就是半瓶下肚。這在懂得享受的人來看，簡直糟蹋酒。他們認為啤酒最令人陶醉的就是它的幽香氣體，這種氣體一定要酒注杯中，才會噴出泡沫，變成氤氳誘人、如夢如幻的妙香。嘴對瓶口鯨吸牛飲，氣塞喉頭令人窒息不說，所有啤酒由泡沫蘊發的酒香全部糊裡糊塗下肚，委實大殺風景。

喝啤酒的朋友奇想怪論特別的多，有人說，酒裡放一小撮食鹽，可以增加酒的濃冽。也有人說，撒兩粒乾花椒，酒的味道能夠更沖和些。更奇怪的是啤酒裡放上一點香煙灰，味道更清醇，要是放點荷蘭煙尤妙，真是荒謬。

至於喝多了啤酒，身體是否會發胖、影響健康？事實上啤酒所含水分，在百分之八十八到九十二之間，此外就是碳氣，所以一瓶下肚，立刻覺得肚子撐得脹脹的。其實一盎司啤酒只有九十五卡路里的熱量，恰好和一杯橘子汁的熱量相等，怎麼會讓人發胖呢？

有段啤酒的小故事，鮮為人知。

抗戰之前，北平雙合盛酒廠出產的五星啤酒馳名中外。七七事變發生，日軍侵佔平津之後，他們平素只知道太陽、櫻花、麒麟等牌啤酒，從來沒有喝過像五星牌的好酒。一嘗之後，兩個月不到就把廠裡儲存一年的銷售量喝得清潔溜溜，勒令該廠加工趕製。

玉泉山的泉水潺潺，供應無缺，獨缺釀酒主要原料啤酒花——是從德國進口的。無計可施，雙合盛經理鄒寅生靈機一動，弄來一麻袋槐花，蒸餾出來的水，顏色是綠茵茵，味道是苦澀澀的，且把槐花充作啤酒花。啤酒出廠，居然照樣暢銷，把日本軍閥蒙混過去。

光復之後到臺灣，當時臺北只有一個酒廠釀製啤酒，啤酒供應不上，也是採用槐花代替。臺灣槐樹不多，就是槐花也時有匱乏，逼得用乾菊花來頂替。用了兩三年，直到買進德國的啤酒花才恢復正常。喜歡喝啤酒的朋友做夢都想不到，當年臺灣啤酒曾經用槐花、菊花作為啤酒花的代用品吧！

臺灣的海鮮

不論古今中外，談到吃的藝術，咱們中國人的吃，不但名揚四海，而且可以說傲視寰球。從前梁均默（寒操）先生說過：「外國朋友到中國來觀光，欣賞到故宮博物院一些歷代珍藏，是飽了眼福；品嘗到中國各省千變萬化的山珍海錯，雖然是羊羹齏飯，一經妙手烹調，也成為醇脆鮮腴的金漿玉醴，於是又飽了口福。」證之外國朋友的談話，和他們的記述，均老所說的確是不移之論。

光復那年，筆者初到臺灣，隨便想吃碗牛肉麵，就是走遍了全臺北市，也別想吃到嘴。當時衡陽街僅有一家叫綠園的福建菜館，能吃到幾隻半甜不鹹的福州肉包，已經覺得大快朵頤，算是吃了一頓有滋味的美餐啦。

近二十年來，社會建設突飛猛進，國民經濟日臻繁榮，一般人的生活水準年年上升，餐飲事業自然而然也就跟著蓬勃駿發，林林總總，蔚為大成。就拿臺北一地來說吧，全國各省口味的小飯館、大餐廳，可能千把家還不止呢。其他各省的菜肴，咱們姑且不談，現在把筆者所吃過的海鮮，認為具有獨特本省味兒的，介紹出來請大家指教。

清朝精於飲饌的美食專家，要屬隨園老人了。袁簡齋（枚）先生認為中國沿海各地，雖然都有海鮮出產，以鮮度論，自然北勝於南，以種類分，則又南多於北。拿臺灣海鮮的種類來說吧，可真是集蘇、浙、閩、粵各沿海省分海產之大成，可以說是珍錯畢備，而且尤有過之。

烏魚子

光拿「烏魚子」說吧，筆者在大陸不但沒吃過，而且也沒聽說過。據朋友告訴我，烏魚平日都在暹羅灣一帶海底棲息，每年靠近冬至，海水漸涼，烏魚群才游來高雄海面。筆者初來臺灣，在物資調節委員會一位朋友家喝啤酒聊天，他拿出一對黃中透亮、色如琥珀的烏魚子來，先用棉花蘸著上好的白乾酒，一遍又一遍的擦，把表面一層薄膜擦得都脫了皮。然後把皮一齊撕掉，切成小薄片，架在小炭爐上，用文火慢慢的烤。烤到魚仔上鼓起一粒一粒的小泡，才算大功告成。配上切得飛薄的大蒜片來下酒，香鮮適口，柔而不膩，比吃荷蘭的高級起士下酒，還來得夠味兒。

早年臺灣的上林花是著名的酒家。因為乍到臺灣，還不懂得點菜，有一位酒家小姐外號叫航空母艦的，以拳雅量宏、一口氣能半打啤酒下肚面不改色而得名。這種巨無霸型酒女，應當是沒有人敢來領教的，可是偏偏這位巨型酒女，一到華燈初上，客人簡直應接不暇。

據說她唯一拿手，是會給客人點菜。有一次她給我點了一客生炒「龍腸」，其形狀好像迷你式的小魷魚，入口一嚼，既脆且嫩。據說這種龍腸，是從公烏魚肚子裡掏出來的一種似魚膘的東西，除了好吃，還非常滋補。尤其不是每一尾公烏魚都有，所以比較名貴。這個菜只在上林花吃過一次，以後在酒家、飯館、露店吃海鮮，點過幾次生炒龍腸，都回說沒有，到現在想起來，那一種脆嫩爽口的味覺，仍然時繞齒頰。

鮮干貝

「鮮干貝」，當年在瀋陽鹿鳴春吃過一次口蘑燴鮮干貝，每個干貝有一寸見圓大小，纖維細嫩，脆如肚領，而且毫不牽齒塞牙。兼之東北飯館炒菜都不用味精，而用上等口蘑提味，所以這道菜更是鮮上加鮮。

來臺灣後，碰巧知友金燕如主持臺北的小春園，他送過一道敬菜，是大蒜頭煨鮮干貝，此地干貝體積只有東北所吃干貝一半大小，可是色香味都不輸於東北所產，後來雖然在其他飯館吃過各種做法的鮮干貝，可是總覺得小春園所吃敬菜的大蒜煨鮮干貝，才算是酒家極品菜色呢。

九孔鮑魚

「九孔鮑魚」，在臺灣簡稱九孔，屬於蚌科。外殼質薄而堅，煥化五彩花紋，非常璀璨悅目，背上有九個螺紋小孔，所以名為九孔。九孔大半產於花蓮、臺東沿海一帶，據說以臺東所產為正宗。凡是臺東所產，背殼上一定是九個螺孔；背殼螺孔，不是九個，或多或少，老饕們甭吃，一瞧就知道不是臺東出產的真正九孔啦。

九孔的好處，是比一般蚌類都肥碩細嫩，吃一隻就是一隻，非常擋口（耐嚼的意思），不像吃海瓜子，鮮則鮮矣，實在太摳索、不解饞。九孔以鹽滷塗搽，在火上乾燒，最能保持本身鮮味。可惜花東一帶大小飯館的大師傅，對於烹調九孔的手藝都不甚高明，老嫩的火候沒法把握住，挺好的一般九孔，十次有九次是嚼不動的，遇上沒除韌帶，還會塞牙，真要替九孔叫屈。後來在高雄李家花園，吃到了一次老嫩適度、鮮醇味濃的九孔，才能引卮大嚼了一番。

蚼螺

「蚼螺」，臺灣出產的蚼螺，肥狀鮮脆是不輸閩、浙兩省的。一味炒蚼螺片，是當年太平町新中華主廚陳阿廉的拿手菜。新中華在全盛時代，逢到星期休假，太平町大菜市從南部運來的蚼螺，要讓新中華先挑，其勢派跟北平正陽樓到菜市批購大螃蟹一樣。他家挑完才開秤，人家不計較價錢，只要雌雄成對，黃滿肉肥，要多少錢一斤，給多少錢，從不還價。新中華到市上買蚼螺，也是如此。所以要吃好蚼螺，必定到新中華去。自從新中華收歇，陳阿廉曾經回到高雄，在河東路一家海鮮店主廚，仍然以炒蚼螺片來號召食客，生意依舊興旺異常。

香魚

「香魚」只有臺灣才有，而且是新店碧潭的特產。這種魚完全靠水中石頭空隙生長的苔蘚當主食，魚的形態大小，跟天津衛河銀魚差不多，不過香魚不是銀白色，而是灰中泛綠。因為它專吃青苔，所以其味鮮中帶苦。從潭裡撈上來，立刻用油炸酥，撒上點花椒鹽來下酒，或者用水、豆豉蒸來啜粥，都是絕妙的小菜。

有一位隱居在碧潭的雅人莊主恩先生，在潭邊開了一家叫香莊的小酒館。他家的拿手菜是糟釀香魚，清淡雋永，風味絕佳。

游彌堅生前最愛吃香魚，他說：「香魚性質溫涼，功能明目降火，如果鬧風火牙痛，到碧潭多吃幾次香魚，必定消炎止痛。」後來逛碧潭的人都要嘗嘗香魚，於是名傳遐邇，遊客都以一試香魚為快。利之所在，捕魚人網捕電捉，不兩年，潭裡香魚幾近絕跡，香莊小酌也變為陳跡。

聽說最近潭裡又偶有香魚出現，希望今後大家都能珍惜魚源，千萬不要竭澤而漁，讓潭裡香魚能夠蓬勃繁衍，恢復往日風光，豈不甚妙。

螃蟹

臺灣嘉義的布袋港、臺南的安平港、高雄的紅毛港，都是以出產螃蟹馳名。臺灣螃蟹分兩種，一種叫紅蟳，一種叫青蟹。此地的青蟹，自然比不上大陸的大閘蟹膏腴肉滿，可是臺灣出產的紅蟳，大陸也很少見到過。

至於吃螃蟹，平津講究七尖八團，江浙講究九月尖臍十月團，總要在中秋月圓、桂子飄香，或是重九登高、東籬採菊，才是持螯對酒的季節。可是臺灣吃蟹，要在暮春三月鶯飛草長的時光，紅蟳才能膏滿膘足。這時候，一打開蟹蓋，真是所謂頂蓋黃，整個蟹蓋長滿了蟹膏，愛吃蟹黃的朋友，足可大快朵頤。可是到了秋末冬初，大陸吃蟹的季節，反而肉鬆膏稀啦。

什麼事都有例外，記得早年客居嘉義的時候，嘉義稅捐處徐南祥兄、土地銀行陳衡夫兄，加上筆者，都是吃螃蟹的老饕，偏偏遇上嘉賓酒家有個叫阿崑的養蟹專家，他有一手絕活，把買來的紅蟳養在瓦罎子裡，四周用高粱穀糠塞緊，讓蟹在罎子裡絲毫不能動轉，每天餵兩次煮熟碾碎的鴨蛋黃，就是隆冬三九、寒風刺骨的季節，您要是到嘉賓吃紅蟳，仍然能夠吃到頂蓋黃的大肥蟹。近年醫學界研究出來，吃紅蟳的油膏最容易增加膽固醇，因此美肴當前，凡是血脂肪濃度稍高的朋友都懷有戒心，不敢多打牙巴骨啦（北平土話「大啖」的意思）。

西施舌

「西施舌」也是臺灣海鮮名產。基隆、鹿港、東港都有出產。初到臺灣，在臺北、基隆吃的西施舌，都是基隆出產。後來基隆港因為來往船舶過多，港灣裡的海水受汽油雜物的污染，連帶炒出來的西施舌都有點汽油味，所以大家吃西施舌，都趨向鹿港、東港的海鮮店了。

中部人士認為鹿港的西施舌是一絕，可是筆者覺得鹿港的西施舌，雖然鮮嫩兼備，可是仍嫌肥狀不足，尤其所含泥沙不易洗淨，令人不敢放膽一嚼。

至於東港一帶，往來船隻都是小船，港灣吃水較深，由於水質、氣溫的影響，東港的西施舌不但鮮嫩，而且特別肥實。東港有一間家庭化叫福記的飲食店，主人風雅好客，還養了不少盆景洋蘭，遇到真正吃客，老闆一高興，挽起袖子，自己下廚動手，來一盤生炒西施舌，那真是香滑細潤，腴而不濡，比起一般飯館用濃芡燴出來的西施舌，不知要高明多少倍。他家的生炒西施舌只賣小盤，據說，炒西施舌的秘訣是猛火快炒速翻，如果起勺時（**離火翻騰，是廚行術語**），勺裡材料一多，翻炒不勻，火候把握不住，就難免失去鮮嫩的特質了。所以寧可一盤不夠，再補一個，才是真正吃西施舌的行家。

蚵

「蚵」，大陸叫牡蠣，臺灣叫蚵，是用人工在鹹水港養殖出來，也是最平民化的海鮮。高雄的新達港、臺南的安平新港鯤鯓湖四周，都是養蚵的大本營。養蚵人家有的採用固定式吊養，有的採用浮力式吊養，大約一隻蚵吊養十四天到二十天就肥大可吃了。近年社會上流行吃海鮮，電視台布袋戲裡也穿插有買蚵仔煎的表演，所以蚵仔煎、蚵仔麵線，變成男女老幼人人歡迎的美食了。

近年因為養蚵利潤不錯，所以高雄縣頂寮下寮、臺南安平鯤鯓的養蚵人家越來越多，把港灣航道布滿了蚵架，航道一淤塞，大小漁船簡直沒法進出。漁民、蚵民因為利之所在，時常發生械鬥，所以政府已下決心，限期將阻礙航道的蚵架一律拆除。誰又想到吃一盤蚵仔煎，其中還有那麼多的麻煩事兒呢。

吃蚵仔煎一定要用平底鍋煎，平底鍋不吃油，可以少放油，用雞蛋、蔥花經油煎來，才不膩口而香嫩。臺南的蚵仔煎、擔仔麵是全省聞名的，本來只是在街頭露店才有蚵仔煎吃，不登大雅的。自從高雄的大統公司開幕，九樓的大排檔裡，蚵仔煎居然也高踞一席啦。

海瓜子

大陸江浙一帶的人士認為「熗活蝦」、「海瓜子」都是呷酒的雋品。臺北的淡水也有海瓜子出產，雖然鮮度不差，可是殼厚肉羸，沙礫又多，大家嫌麻煩，都不願意弄來下酒。民國六十一年，筆者隨勞軍團到金門勞軍，由駐軍代辦梅花宴軍民聯歡，出乎意料吃到了又肥又嫩的海瓜子。同席一位士官長，碰巧是浙江黃巖人，彼此同嗜，一大盤海瓜子，三下五除二，吃得清潔溜溜。隔席全是魯豫老鄉，大概對海瓜子不感興趣，還剩下大半盤，我們把它拿過來大啖一番。曾經聽朋友說金門的海瓜子是海鮮裡一絕，一試之後，果然不凡。

筆者最喜歡吃的魚有三種，松花江的白魚，蘇北里下河的鮰魚，還有一種就是大黃魚。這三種魚都是肉質細嫩，腴而刺少的。在臺北吃過不少次名庖烹製的大黃魚，據說都是金門來的，因為冰凍過久，總覺鮮味稍遜。這次到金門勞軍，所住招待所有一位廚師，是天津西沽人。有一天午餐，居然有海碗侉燉大黃魚。所謂侉燉，就是天津一般住家戶家常做的熬魚。金門吃黃魚都是從海裡現打撈上來的，離水不過三幾個小時，自然是鮮肥細嫩，美到極點。魚身上的蒜瓣肉，到嘴裡還帶點甜絲絲的。說實在，就是當年在天津也沒吃過這麼甘肥腴潤的熬魚呢。那次勞軍成員，平津老鄉佔的比例很高，有人一誇好，大家隨聲附和，連著三餐都有侉燉大黃魚，再配上飯卷子吃，真彷彿回到老家，坐在炕頭兒上吃家鄉飯呢。

珠螺

真正臺灣海鮮特產是「珠螺」，這種螺螄在大陸沿海各省都沒見過。螺的體形特別小巧，長度只有二公分左右，產在淡水、鹿港海岸一帶，當年設在淡水的英國領事館，就常常用珠螺加奶油，做奶油珠螺湯饗客，其味有點像鮑魚，可是鮮美過之。英國領事史密司管這種珠螺叫迷你螺，因為一隻珠螺剔出來的螺肉，比火柴頭大不了多少。買一大筐珠螺不過臺幣幾十元，可是剔出的螺肉僅只一小撮，剔工倒要幾十元呢。珠螺也可以用熱水燙熟，加各種調味料來吃。有一次在鹿港吃海鮮，叫了一盤熗珠螺，敢情每隻珠螺尾巴上都附生一個近乎半圓的小石塊，跟螺尾緊固難分，不是同去朋友教我訣竅，我幾乎拿不下來。據說這塊小石頭，其硬度可以媲美金剛石，用鐵錘來敲也不容易砸碎。我想如果把這種螺石搜集起來，做個手鐲或鑲項鍊，倒是一件別出心裁的裝飾品呢。

皇帝魚

「皇帝魚」也是本省特有的海鮮，這種魚顧名思義，是曾邀宸眷的。吃皇帝魚最好的時令是立冬前後，那時候皇帝魚沿著海由南而北，游到基隆近海，已經紅肌白理、骨軟脂豐了。民國三十五年，基隆物調會辦事處有位吃魚專家陸竹侯，他把皇帝魚跟瑤柱火腿同煮，稱之曰「五侯魚」，其實漢代大吃客婁護的五侯魚是以鯇魚為主的。筆者跟他半開玩笑說，不如改叫陸公魚吧。想不到後來基隆鹿鳴春菜牌子上，居然有陸公魚出現。您要問問堂倌，他會跟您回說，當年嘉慶皇帝遊臺灣，吃過這種魚，認為風味特殊，烹調方法是一位陸大人從御膳房學會傳出來的。這才二十多年事，以訛傳訛，居然成為有鼻有眼的故事了。不過這道菜在陸府吃起來，的確清新鮮美，可以算得上魚中逸品。

炸烹蜂窩蝦

屏東東港有一家興亞飯店，是以專賣海鮮出名的。自己有鹹水池、淡水池，飼養各種海鮮，不但任憑顧客挑選，還可以讓大家賞玩。所以在他家吃海鮮，都是活生生、歡蹦亂跳的下鍋，好像在大陸吃現殺塘鯉、活剖白鱔一樣，自然特別新鮮好吃啦。他家最拿手的菜是「炸烹蜂窩蝦」，他把青蝦脫殼抽腸，用麵粉調稀，打入蛋白打泡，入調味料下鍋，用猛火炸烹，等起鍋上盤，活像金黃酥脆一隻大蜂窩，那比酒後來一份什錦麵或是炒粿條都來得爽口開胃。這道菜是澎湖一位老師傅傳過來的，想不到這個菜在澎湖其名未彰，現在反而成為東港興亞飯店一道招牌菜了。

鯿魚

「鯿魚」又叫寬肚魚，它的特色是肚囊寬而且肥，這種魚也是秋冬之交，由南往北逆水而行，越游越冷，肉也越來越嫩。臺北城隍廟有一個飯攤，就是以賣鯿魚粥出名的。香港人是最講究吃粥的，香港有人吃過臺北城隍廟的鯿魚粥，他們說這種鯿魚粥不但提味適口，比起香港的雞球鮑魚粥，還來得實惠好吃。如果把肥厚的鯿魚糅上花椒鹽，抹上薑汁晒乾，第二年用魚乾來燒大白菜，更是葷中帶素的一道最好的下飯菜。

炸沙腸

屏東的林邊也是吃海鮮的地方，因為地方較偏僻，因此除了高、屏兩地的人前往光顧外，其他各縣市就很少有人專程前往吃海鮮了。筆者經一位林姓朋友吹噓，一同前去吃海鮮，林君是識途老馬，點了一個「炸沙腸」。我想既然是吃海鮮，何必點腸子，結果菜一端上來，才知道自己露怯了。敢情所謂沙腸，是一種魚的名字。這種魚只有五六寸大小，細長條的身子，有點像大陸的鳳尾魚，只能炸著吃，而且最好用素油。炸出來的沙腸真是迸焦酥脆，連骨頭帶肉，可以一齊下肚，用來下酒，比炸龍蝦片、烤魷魚，又別是一番滋味。除了林邊之外，聽說高雄六合二路有一家海鮮店，炸沙腸也最拿手，將來總要專程去嘗一回。

香菇魚翅羹

在本省各縣市夜市場的飯攤，都有香菇魚翅羹賣，雖然有魚翅，可也算是極普通的吃食。前些年筆者在嘉義，有人告訴我，嘉義噴水池邊的香菇魚翅羹是嘉義吃食的一絕，不可失之交臂。那家飯攤的老闆是廣東客家人，除了賣魚翅羹外，家裡以養土雞為業，長子在日本經商，次子在香港開店。香菇由日本供應，魚翅在香港搜來，自己家又養雞，原料貨真價實。加上買賣越做越興旺，又肯不惜工本，所以他家的魚翅羹高人一等。李茂松當嘉義縣縣長的時候，在縣長公館舉行茶會，就曾經用那家飯攤的香菇雞柳魚翅羹款待賓客，凡嘗過這種魚翅羹的都讚不絕口。事隔多年，現在去嘉義，不知道還能吃到他家的魚翅羹否？

柴魚

「柴魚」（日名鰹節）出在臺東縣的綠島，在大陸時既沒聽說過，更沒見過。柴魚乾看起來髒兮兮的，活像一塊發了霉的舊木材。吃柴魚要用鉋子把它刨成小薄片，放入小布口袋裡，用它來煮味噌湯或是煮粥，都異常鮮美提味。潮汕一帶的同胞是最講究吃粥的，他們吃過柴魚粥後，認為粥中極品，莫過於用柴魚來煮了。

「日月潭」

本省有一種蚌類，殼形扁薄，一面雪白，一面赤褐，我們一般好吃的朋友給它起名「日月潭」，蚌肉鮮嫩，有如血蚶。這種蚌類賦性陰寒，夏日如生熱火癤子，連吃幾次「日月潭」，火癤即可消除。不過陰寒特重，婦女不宜多吃。吃「日月潭」只宜白煮後蘸調味品下酒。高雄大水溝有一家露店，用小蔥頭、朝天椒、檸檬魚露調味，不用醬油，酸鹹馥辣，別具一格。旅美畫家錢葆昂，前年回國參加十月慶典，搜集「日月潭」貝殼一百多片，用化學藥物將殼內瓷光褪去，遍請繪畫界名家，畫了若干鱗介草蟲，配上錦盒，倒也是別開生面的文房清玩呢。

臺灣在剛光復的時候，家庭日常飯菜，因為海鮮是最價廉的食物，所以每頓飯都離不開海味。後來大陸各省各地的同胞輾轉來到臺灣的日漸增多，山南海北、五花八門的飯館子，一個跟著一個開起來。雖然花樣翻新，可是變來變去，也變不出什麼個別另樣的館子來了。

有人腦筋動得快，一下子就想到海鮮上面來。大家一起鬨，你開海鮮園，我開海鮮樓，東邊是活海產，西邊是海味珍。應酬場合裡，也認為吃海鮮是時髦新鮮玩藝。於是海鮮時價直線上升，變成大宴小酌不吃海鮮反而顯得不夠意思了。

不過海鮮雖然好吃，可是稍一不慎，非常容易引致河魚之疾。有些朋友吃海鮮喝啤酒，如果腸胃欠健的朋友，海鮮、啤酒下肚，是兩不相容的，要是喝點五加皮或大麴、茅台一類白酒，不僅消毒又可暖胃，凡我老饕，定有同感。

臺灣海鮮，種類繁多，上面所寫，不過來到臺灣後，個人所吃幾種比較特別的海味，罣漏錯誤，在所難免，尚請同好諸公，多多指正。

餑餑桌子

這種滿洲點心，現在吃過的人，恐怕不多啦。滿洲人自從進關入主中原，所有郊天祭孔，一切全部遵循歷代相沿儀注，所有獻禮祭器食命、捭冢燔黍、蒸梟炙鳩，絲毫沒改殷周舊制。可是每逢歲時令節，帝后妃嬪忌辰舉行廟祭，那就仍按滿洲舊式，用餑餑桌子上供啦。

餑餑桌子，是有一定尺寸的，高寬都是二尺，長三尺有餘。這種桌子，厚而堅實，金漆縷彩，丹雘交錯。最矮的三層，最高有二十一層的，每層有高腳銅盤二十四隻，每層要擺點心二百多塊。這種點心名曰「點子」，分甜、鹹兩種，是用油酥白麵、白糖，或椒鹽、奶油做原料，由大內餑餑房承製的。祭完撤供，就把這些點子分給大家吃，叫「散福吃克食」。

宮中忌日多，大家吃不完，而且吃膩了，給誰，誰也不要。於是有的太監委託小太監們到各宮向妃嬪、宮女們收買。買來之後，就用來做醬。宮裡迷信忌諱都多，上供的點子是祭神佛、供祖先的，誰也不敢偷工減料，真材實料的點子，造出醬來，味道還能不好嗎？太監們就把這種醬送給王公親貴們品嘗，誰也不能白嘗，當然就變成太監們一筆額外收入了。

流風所及，後來北平體面人家辦白事，要是交情夠的至親好友，也講究送一堂餑餑桌子供奉靈前，給死者風光風光。可是沒辦法找大內餑餑房去做，於是北平像蘭英、毓美、正明幾家大點心鋪都可以代客訂做，而且供應桌子祭器，等金棺出堂上大槓，點心鋪才能來取桌子、收傢伙呢。

民國初年您到點心鋪訂一堂餑餑桌子，如果仿照大內餑餑房的式樣，以七層的來說，大概是半棚和尚經的價錢，十一層就要整棚經的價兒啦。人家餑餑鋪說得好，做「點子餑餑」，第一，要十年以上陳豬油起酥，才能放個四五十天不發霉長綠毛。第二，十好幾層餑餑，要不是經驗老到的師傅親自動手，讓伙計們做，擺上十天八天，餑餑一乾，讓風一嗞，裂開就散，豈不是全部垮臺。第三，當初既沒有荷蘭奶油，更沒有美國產品，所用奶油全是從蒙古裝在牛皮袋子裡運到京來的，一堂餑餑桌子焉能便宜得了。

您要知道，京裡頭的人是最要面子的。不是餑餑桌子價碼高嗎，我更得送堂餑餑桌子才夠氣派。於是把「點子」改成毛邊花糕，或者是菊花餅，擺上個五層也不算寒磣，價錢比用奶油點子可就便宜多啦。

從前宮裡一撤供，就分給大家叫散福，一般人家辦完白事，所有撤下來的餑餑也要分送至親友好。要是湊巧趕上冬天，北平住戶家家都有一隻燒煤球的白胖小子（白灰爐子），把點子餑餑放在爐臺兒邊上慢慢地烤透，夾上保定府的燻雞腸兒吃，午夜驅冷消寒，比吃什麼清粥小菜都來得夠味兒。凡是嘗過這個滋味的，大家一聊起來，真是口水都要流下來了。這種點子餑餑，平日點心鋪也沒得賣，都是人家整桌預訂的，所以本就不大容易吃得到，今後再想吃點子餑餑更是難上加難啦。

白酒之王屬茅台

黃河以北的人，平日低斟淺酌，良朋小聚，除非正式宴會，十之八九是用白乾兒的。

談到白乾兒，大酒缸所賣廉價品，不是酒頭，就是酒尾，掌櫃的又怕金生麗（水）羼得太多，酒不夠勁，水氣太重，缸底總吊著一塊紅礬，或者是一撮鴿子糞，把酒吊得一進口，讓您覺得酒有份量，可是酒一足興，小風兒一吹，立刻頭重腳輕，口乾舌燥的不合適。所以沒事喜歡喝兩盅的朋友，不管南路也好，北路也好（**北平白酒分南路、北路兩種**），一定要喝白酒的二鍋頭，酒是醇厚湛冽，好在酒不上頭。再不就是海淀蓮花白、同仁堂的綠茵陳啦，夏天喝這一白一綠兩種白酒，的確殺水袪濕，既過酒癮，還帶療疾。再高一等的白酒，不是山西杏花村的汾酒，就是陝西鳳翔府的鳳酒啦。

筆者生長北方，認為喝汾酒、鳳酒，在白酒來說，已經算是白酒中的極品啦。北伐成功，全國統一，好友李藻蓀被財政部派到北平，整理河北省財政。他跟乃弟雲伯，不但是品酒專家，而且在遵義老家窖貯豐富，是當地藏酒的名家。他們昆仲一到北平，筆者知道他們精於品啜，請他們吃飯，生怕一般二鍋頭拿出來不夠體面，特地把家藏十多年的汾酒拿出來待客，顯擺顯擺。

酒一開樽，雖然清馨芬郁，酒香盈室，可是他們昆仲淺嘗幾杯，只是說酒還算不錯，貴在沒有水氣。我告訴這是存了十年以上山西汾酒，他們批評說，以品級論，這種酒可以媲美四川綿竹瀘州出產的大麯，可是比起白酒之魁的貴州茅台酒的香又醇、滑不膩、湛而重，可就稍有遜色啦。筆者雖然酒量不宏，可是愛酒成癖，聽說茅台酒比汾酒還要來得清逸湛沁，於是嬲著李藻公把白酒之魁茅台緣起、優點說出來增長見聞，同時過過酒癮。

李說：「貴州是缺鹽省分，所有食鹽都是由四川省供應，令人奇怪的是川鹽運黔的業務，不操在四川人手裡，反而是由山西、陝西的鹽商把握操縱。北地天寒，山陝一帶的人，平素都喜愛喝兩盅，可是他們只喝芳烈的白酒。這幫人起初一到貴州，喝那貴州用玉蜀黍釀的土燒酒，酒一進口，炸腮刺喉，簡直沒法下嚥。後來有人發現仁懷縣茅台村楊柳灣，有一條赤水河支流的一個小河汊子，水質晶瑩，入口清勁溫淳，遵義府屬又是貴州高粱產區，高粱取之不盡，水又甘沁沉厚，準能釀出上等白酒。鹽商們一向是養尊處優舒服慣了的，於是不惜重金，回到家鄉把一等一的釀酒高手並帶了製酒麴子，請到貴州來，在楊柳灣設廠造起酒來。起初出的酒雖然香頭不足，可是已經沒有澀唇辣喉的毛病了。

同治八年貴州的高粱大豐收，他們做了大批的高粱酒沒處屯放，酒是越陳越香的，於是開挖地窖把喝不了的酒窖藏起來。又怕漏酒走氣，於是挖好了深坑，用石板墊底，四面再用石條築牆，用青白灰溜縫砌平，再把糯米熬漿混合三和土鋪好砸實，上面再鋪一層極細河沙。做好的酒經過窖藏兩年以上，酒讓河沙不斷地的吸，所有火爆辛辣之氣全消。所以真正極品茅台，只要一開罐，屋裡立刻充滿了湛冽的柔香，會喝酒的一聞，就知道是茅台酒開罐啦。就因為這種酒入口不辣而甘，進喉不爆而潤，醉後不會叫渴，更絕的是酒不上頭。貴州的回沙茅台酒，民國八年在巴拿馬萬國博覽會參加比賽，品酒會上把茅台酒也列為世界佳釀之一，不但成為白酒之王，而且馳名國際啦。遵義有一位鄉前輩華聯輝老先生，光緒初年，在茅台村楊柳灣正式成立成義燒房（**北方叫燒鍋，南方叫燒房**）。因為銷路暢旺，又開了一家榮和燒房。凡是會喝酒的人，都懂得酒是陳的好，回沙茅台也是窖藏年代越久越香。後來華家後人華之鴻又研究出用原酒浸糟新法，使得華家茅台酒更加清逸浥潤，柔曼甘沁，地方官甚且把它列為貢品。

華家製酒有一原則，它窖存酒從不清窖放乾，總要留三分之一酒叫『護窖』。開窖出酒的時候，一面出老酒，一面進新酒，新舊混合輪轉交替，源遠流長，讓酒的香醇風格永遠一致。

就是這樣兒酒出酒，大家仍然是比較喜歡成義老窖出品的。因為老窖酒底深厚，自然香頭清湛，酒味柔潤。榮和窖新，酒的色、香、味比起老窖雖然稍遜，其實也差不了許多。可是喝慣茅台的老客，只要酒一沾唇，就能分出新窖、老窖，您說品酒的嘴有多厲害。早年要想喝真正茅台酒，也不是有錢就可以買到好酒，必須跟鹽號有交情才行。因為鹽商在鹽岸管轄區銷鹽所得現銀，沒有錢莊票號劃匯，成千上萬的現銀自己攜帶上路，既不安全更不方便，差不多都買點藥材、山貨、鴉片一類貨色到重慶去脫手；遵義府屬就在茅台村購買茅台酒啦。沿著赤水河運到重慶，大家一搶而空，就變成現金，比什麼貨色都搶手。

川滇黔桂幾省在北伐之前，有一陣子極為混亂，軍閥內戰此起彼仆，沒有一時停止。哪一派佔據遵義懷仁茅台一帶地區，對於茅台佳釀雖不到竭澤而漁的地步，可是酒窖裡的新酒、舊酒的輪替，總是出多入少，品質當然大不如前，一天比一天差。當年貴州有位大軍閥袁祖銘，他的老太爺叫袁幹臣，一看茅台生意那麼好，仗著軍閥勢力，就在貴陽城西開了一家酒廠製造茅台。水質既沒加以考驗，所請的師傅說是山陝老師傅嫡傳，其實都是些成義、榮和兩家翻麴濾酒的粗工濫竽充數，矇事騙人而已。所出的酒，茅台品質風味全無，只能說是土酒改良，大家都叫它袁老太爺茅台（**抗戰時期大家所喝的『賴茅』就是袁老爺茅台的前身**）。喝過純正茅台的朋友，對於那種賴茅，簡直不屑一顧。

川黔一帶的老酒客有一句流行話是『茅台酒是兌出來的』，因為茅台酒一出窖就羼上麥酒，外銷的茅台一律用五十斤加釉的瓦缸裝，外頭用竹篾編成簍子，四周用稻草塞緊，外加草繩綁好，船運重慶分裝陶罐再加標貼。酒分特級、甲級、乙級、普通四種。特級茅台一缸茅台加一缸燒酒，一缸兌三缸列為甲級，一缸兌四缸算是乙級，普通一缸兌五缸，裝罐出售的，當年每罐賣大洋一元的，那就是一兌五的茅台酒，只能算還沾點茅台餘香罷了。

請想：照此情形，平津滬穗各地能喝到純正的好茅台嗎？既然茅台有真假，羼混土酒的成分又有高有低，那究竟怎樣才能分辨出是真正茅台純酒呢？拿味、色、香、覺來說吧，純正茅台只要一開罐，滿屋子都洋溢著茅台酒特有的檀藿味道；倒入酒杯，晶瑩凝玉，清湛掛杯，讓人有心曠神怡的舒暢；酒一進口，先是冷香繞舌，繼而一股細潤柔曼暖流直達臟腑，令人淵醇委婉，陶然欲醉。另外還有一樣最大好處是酒後絕無煩渴，就是平素酒後不能進飲食的人，喝過茅台酒之後，也能胃口大開，加餐進飯。微醺薄醉也只是懶慵思睡，不致反胃灼心感覺。當年華聯輝成義酒窖的珍藏，已經難覓難求，現在就是連榮和新窖的窖藏上品，不是和當地鹽號主事或現官現管大軍閥有交情，也是得之不易呢。

華聯輝經營川鹽運黔，是貴州聞人唐弢安（炯）引介給四川總督丁寶楨的。唐對鹽政大計，改革運銷，幫了華家很大的忙。所以成義每一個酒窖出酒，都要送兩大罎子請唐弢老品鑑一番。唐、李兩家世代姻婭，所以在遵義老家唐園還存有不少純真老窖茅台。將來我總要弄點真正老茅台，讓老弟嘗嘗。」

這一頓飯吃了一個多時辰，我也等於上了一堂茅台新解的品酒課。加上他令弟雲伯兄在旁添枝加葉的一敲邊鼓，害得我饞涎三尺，可是聽醪畫餅，既不能止渴充饑，只有徒殷遐想，有一天能踐後約，一解萬斛的渴望罷了。

想不到民國二十年武漢大水之後，我與李氏兄弟恰巧又在武漢相逢，藻蓀兄發表岳州統稅查驗所所長，雲伯兄發表宜昌統稅查驗所所長，偏偏兩處都是派在下監交。岳陽樓頭，得償夙願，親試醇醪。茅台酒的色、香、味、覺四者，比起藻蓀兄昔年描述酒的優點，尤有過之，絕無溢美之詞。平原三日，興盡而別。此後每遇好酒，就想起成義老窖茅台的湛香柔美、醰醰之思來。

最近嘉義酒廠在周新春廠長領導下，全體員工苦心孤詣、窮究精研之下，已有極品茅台問世。喜歡喝白酒的朋友，今後不愁沒有好白酒喝啦。

蛇年談吃蛇

中國人以吃蛇馳名全國的，要屬嶺南一帶人士啦。講到割烹技術最精美的也都是羊城名庖。可是治饌材料上選的毒蛇，廣東只有懷集、廣寧、增城出產少量毒蛇，大部分蛇宴所用的毒蛇，全是從廣西十萬大山捉捕來的。

在黃河流域以北，蠍子多、長蟲少（北方人管蛇叫長蟲），看見蛇已經渾身肉麻，甭說把蛇治饌調羹，當珍饈美味來大快朵頤了。

談到我們中國人吃蛇的歷史已經很久啦，梁任昉的《述異記》就記載：「漢和帝時，大雨，龍墮宮中，帝令作羹賜群臣。」那時龍蛇混淆，所謂龍，實際上也就是蛇。和帝要不是平素常吃蛇肉，豈敢貿然製羹，賞宴群臣呢。要是再往前追溯，左丘明的《左傳》，也有「豢龍氏鹽龍以食」的記述。到了明朝李時珍所著的《本草綱目》，更明確的指出「蚰蛇肉極腴美」。由此看來，我們吃蛇，源遠流長，已經有幾千年歷史啦。

廣東人吃蛇是有季節的，講究秋風起，三蛇肥，才開始吃蛇，到了冬至前後，大排蛇讌，觥籌交錯，才算正式冬補呢。

廣東的蛇行蛇店，跟雞鴨行一樣，街頭巷尾，到處都有。可以在店裡指定要哪一條蛇，現殺摘膽，蛇膽生吞，蛇肉下酒，煮炒汆燉，悉聽尊便。

在廣東雖然大家都知道蛇是美味，但家庭婦女中，很少有膽量捉一條蛇，像殺雞宰鴨一樣輕輕鬆鬆烹而食之的。因為蛇分有毒、無毒，而且蛇性各異，又是滑不溜溰，要是被毒蛇咬上一口真能立刻送命，不是鬧著玩的。至於蛇行經驗豐富的劏手，一看是條毒蛇，首先把蛇的毒囊、毒牙摘下來，然後再剝皮開膛，那就萬無一失了。所以有人捉到奇毒異蛇，送到蛇行蛇店，請他們代為宰殺，收些手續費，也是他們營業項目之一呢。

以廣州市來說，蛇行似乎比蛇店的營業範圍大，大的蛇行就有二三十家，每家都有十位八位身手不凡的捕蛇好手。一交立秋，各家蛇行就派出捕手，結隊向廣西十萬大山出發，入山捉蛇。

筆者有位朋友伍君，他家世代是開蛇行的，據他說：「毒蛇種類有好幾十種，我們捉捕的蛇大致以飯鏟頭、金甲帶、銀甲帶、過樹榕為主，因為那些毒蛇祛除上中下三焦風濕惡毒，效果最好。另外最主要是一種叫貫中蛇的，這種貫中蛇是蛇宴中全蛇大會一條主蛇。它能把上中下三焦濕毒一氣貫通。哪一年貫中蛇捕得多，蛇宴生意必定特別興隆，大家都可以多分花紅。此外還有金錢豹蛇、水律蛇、白花蛇、蚿蟒蛇、蟒，那就是蛇宴的配料了。大家入山捕蛇有一固定入山的山口，進山沒幾步路就有一座蛇王廟，大家先在廟裡安營紮寨，虔誠祈夢，必須其中有一位在夢中得到蛇神指點，今年准許捉捕貫中蛇多少條，大家才能入山分頭捉捕。最後各家捉捕到的貫中蛇，一律要歸公分配，如果有人私自隱匿，超過蛇神指點的數字，那一年必定有人棄屍深山，不得善終。這種事累顯靈異，所以誰也不敢嘗試。」伍君說得活靈活現，好像真有其事，咱們也就姑妄聽之吧。

蛇行蛇店的老師傅劏蛇，真是會者不難，伸手到蛇籠裡一抓就是一條。左手拇指、食指，把蛇頸一下箍緊，蛇尾用腳踩住，蛇的肚子一翻白，蛇的嘴就張開了。接著用鋒利匕首，在蛇的上膛閃開式的一刮兩刮，把蛇的兩隻能放毒液的大牙刮掉。然後用手摸出蛇膽的位置，對準蛇膽拿尖刀一劃，破開一個小口，單手一擠，立刻擠出一粒蠶豆大小，碧綠的蛇膽出來。那隻沒了膽的毒蛇，如果放回蛇籠裡豢養，仍舊可以活上十天半個月呢。

吃蛇的方法很多，最普遍吃法就是將蛇剝皮放血後，把蛇肉帶骨切成寸段，用蔥、薑、料酒，加入點陳皮用水清燉。廣東菜館掌勺的大師傅，一桌全蛇筵席，能做出二三十種不同以蛇為主的珍饈美味出來。而且名堂百出，每道菜都給起個響亮別致的菜名。您就是飲饌專家的老吃客，也不見得能夠猜得出來都是些什麼菜。譬如蛇片蝦片雙炒叫「雙龍鬧海」，紅燜蛇鱔蝦叫「三星拱照」，蒜粒炒蟒蛇肚雞什件叫「龍肝鳳膽」，蛇肉煲雞爪叫「龍衣鳳足」，蛇宴裡主菜三蛇、果子狸，配上鮑魚火腿雞絲叫「龍虎鳳風雲會」，要是加上一條貫中蛇，「一氣貫三焦」，那就更名貴啦。全蛇大會主人要給廚房、堂倌放賞，在座賓客也得向主人敬酒申謝，最後主人還得請在座賓客到澡堂洗個熱水澡，才算終席。

當年岑春煊因為久歷戎行，終年餐風宿雨，得了風濕，一年到頭都要吃鹿茸配的膏子藥，鹿茸吃多了之後，不但眼睛布滿血絲，而且嘴裡常有異臭。經過名醫診斷，告訴他每到冬令進補的時候，多吞幾粒蛇膽，盡可能多吃蛇肉，多飲蛇湯，可以緩和內腑的鬱熱。因此每到冬令，凡是蛇宴的酬應，岑都是欣然命駕，大啖一番。

岑一向脾氣暴躁，喜歡糾參同官百僚，在清朝疆臣中是出了名的。有一位兵備道為了點小事，得罪了岑督憲。岑正準備出本參奏，碰巧這位觀察大人有人送了他一條紫蝮蛇。據說這種紫蝮蛇，是百年難遇的稀世珍品，不但能調中理氣，而且祛熱除濕更是妙用無窮。於是潔治紫蝮盛讌，恭迓憲駕。這一著棋真算下對啦，參章不但化為烏有，到了年終反而列名保舉。

第二年元旦，那位觀察大人興高采烈，焚香開門，正準備出門迎神接福，兜一兜喜神方，不料抬頭一看照牆上，多了一副對聯，上聯是「紫氣東來」，下聯是「蛇光普照」。弄得這位觀察大人啼笑皆非，從此官場中寫春條，大家都避諱不寫紫氣東來，這個因由就是從這兒來的。

梁均默（寒操）先生曾說過一段吃蛇肉的故事。他說：「朋友們常說我是廣東美食專家，而廣東又是最講究吃蛇的，總認為我一定吃過最盛大的蛇宴了。我不僅吃過三蛇、全蛇，甚至吃過五蛇大會，自己也覺得很了不起了。」有一天跟同鄉謝祺（當時任財政部稅務署署長）聊起吃蛇。謝說要談吃蛇，我們誰也比不了保君健，他曾經吃過子母蛇的七蛇大會呢。保是江蘇南通人，中學畢業就考取公費留學，到美國哥倫比亞大學攻讀。同系、同室有位同學湯家煌，是世代在廣州開蛇行，所以湯君耳濡目染從小就成了一把捉蛇高手。只要一個洋麵口袋、一根麻繩，不管是多厲害的毒蛇都能手到擒來。

留學生天天吃熱狗三明治，胃口簡直倒盡，湯君偶或逢週末，有時約了保君健郊遊野餐，總帶一兩條活蛇，到野外現宰現燉，兩人大啖一番。起初保君健心裡對吃蛇還有點嚇絲絲的，後來漸漸也習慣了蛇肉煨湯滑香鮮嫩，比起美國餐館的清湯、濃湯，自然要高明多多。從此兩人不時藉口外出度週末，就到郊外換換口味、解解饞。

有一天湯君從校外帶了兩位老鄉，還拿著兩罐藥膏。在宿舍裡，每人都把雙手兩臂仔細用藥膏搽勻，又匆匆而出。過了一頓飯時間，三個人好像疲憊不堪的回到宿舍，大布袋裡多了兩大一小三條毒蛇。湯說，有一天他在校園裡散步，無意中發現一處蛇穴，照蛇遊行過草上殘留的蛇跡，直躍而行，猜想是蛇中珍品子母蛇，同時蛇已懷孕就要生產，可是還不能百分之百確定。蛇類都是卵生，只有子母蛇是胎生，子母蛇除了有一般毒蛇治病的長處外，療治五癆七傷特具神效。尤其是刀傷、槍傷，凡是吃過子母蛇的人，就是遭受武器傷、火藥傷，傷口癒合要比普通人快出一倍，所以軍中朋友特別視若瑰寶。這種子母蛇，在兩廣一帶已經稀見，居然在加州碰巧遇上，湯君自己沒有捉捕過這類毒蛇，所以又請了兩位此中有經驗的高手幫忙，果然一下奏功，居然公蛇、母蛇、幼蛇窩裡堵，一舉成擒。於是大家興高采烈一同到了舊金山一家專門供應蛇宴的酒家，用全蛇加上子母蛇來了一次百年難遇的七蛇大會。他們同時約酒家老闆入座大嚼，這種盛饌千金難求，飲啜之餘，老闆一高興，連酒菜都由老闆侍候啦。

保君健吃過子母蛇的七蛇大會，頗為自豪，可是他可不敢在人前炫耀。因為原配是美國人，繼配是智利人，同學聚會時常開他玩笑，說他專吃西式洋餐，其樂融融。在酒酣耳熱的時候，他也偶吐心曲。他說娶洋婆子，實在樂不敵苦。自己愛吃蛇肉，雖然吃過稀世蛇宴，但在兩位夫人之前，甭說誇耀，連吃蛇肉都不敢吐露半句口風，你們說樂趣在哪兒呢？

從梁默老這段話，才知道蛇宴裡還有七蛇大會呢。近幾年來，臺北的廣東飯店、酒家越來越多，到了冬令進補的時候，大家也互相拿三蛇宴、全蛇大會來號召，但筆者朋友中畏蛇者多，嗜蛇者寡，總也湊不上一桌人，所以已經多年未嘗異味，興致來時，也只有到夜市場來碗錦蛇湯解饞了。

適口充腸舒服年

江浙一帶每到天寒，就有請親友到家裡來吃年夜飯的習俗，北平人可就不講這一套啦。不過北平逢到正月初一，上門來拜年的親友，只要交情夠，可不能讓人空著肚子走，總要燙壺酒，端出幾個酒菜驅趕寒氣，暖和暖和，下兩盤餃子，才夠意思。

北平的規矩，初五以前不下廚煮飯，家家這幾天不是吃餃子，就是吃饅頭，很少人家是吃飯的，所以誰家也不準備大塊文章的飯菜。過年嘛！家家都是大魚大肉，膏腴羶鮮吃得油膩膩的，待客的酒菜，以清淡適口、腴而能爽才算上選。

舍下雖然是北平的老住戶，可是先世宦遊江浙兩廣，遠及雲貴川，踵武至聖先師，成了東西南北之人。就是飲食方面，南甜北鹹東辣西酸，不東不西，不南不北，變成雜合菜的口味啦。

以舍間來說吧，春節待客的酒菜總要吃點野味，一過臘月二十三祭灶，如果有住在鄉間的親友就會送野味來了，大半不是山雞就是野兔。山雞（北平叫野雞）炒醬瓜、五香醬兔脯，都是下酒絕妙的雋品。爆醃白魚、紅燜豬肚、蔥㸆鯽魚、滷什件，腴而不膩，也都是大家所歡迎的。

正月初一，有些來拜年的官客，也是念佛持齋的居士，所以待客的酒菜，還要準備點素的洞子貨的時蔬（北平附近的豐台農家有用溫室培養的蔬菜叫洞子貨，價錢特別高）。首先每年必不可少的是「炒什香菜」，又叫炒鹹什，主要的是選特大的黃豆芽，因為它像如意，取其萬事如意的口彩，另外配上胡蘿蔔、芹菜、醃芥菜、黃花、木耳、百葉、豆干、冬菇、冬筍，一共十樣。一律切絲下鍋，加調味料，一炒，就是一、兩綠豆盆，留著慢慢吃吧。

小黃瓜只有小拇指粗，蒜苗嫩而且綠，鮮豌豆嫩而甜，配葷菜、配素菜，不但提味，而且有一股子清香。

「燒素雞」是用豆腐皮做的素雞，加入冬菇、冬筍切片，另外要放少許髮菜紅燒。髮菜是屬於海藻類（臺灣的髮菜，一斤要好幾千元，不過髮菜不壓秤，買幾錢就成啦），形狀好像頭髮，先用溫水洗泡，把羼進的雜物，一律揀出，等素雞燜爛，再把髮菜同煮，等候入味，一同起鍋。這個菜冷吃、熱吃均可，同時宜酒宜飯，現在家家都有冰箱，放個三五天都不會變味的。髮菜跟發財同音，也是新年最好的口彩。

湖南的風魚燻肉，廣東的臘肉、臘腸、金銀肝，都是一蒸就能上桌的菜。高興的時候，一進臘月門，可以自己家裡做點兒放著，留到新春待客。否則湖南店、廣東鋪子都有得賣，每樣買點掛在房簷下風乾，過年在北平正是朔風凜冽、滴水成冰的季節，吹上個把月，絕對不會發霉變味的。

北方在過年時節的白菜，都是經過霜、進過窖的，不但脆而且甜。把白菜心漬一下，橫切成一寸高的圓堆，用芥末、糖、醋澆上一燜，就是芥末堆兒啦。酸甜帶辣，的確爽口。或者是把蔓菁切片做點衝菜，吃一口衝鼻子，拿來就餃子，再蘸點臘八醋，說實在的，那比吃魚翅席還入味呢。

獻歲開春，就是新年，您不妨試做兩樣，就知道調羹之妙，端在配搭得宜，味醇質爛便能大快朵頤，並非鹿尾駝蹄，才能引卮大嚼、饜其所欲呢。現在寶島臺灣不但山珍種類繁多，談海味比大陸名堂也更多。此地天暖氣清，四季有長春之草，八節有不謝之花，時蔬鮮蕨，應有盡有，您愛吃什麼敞開買，只要您割烹有道，技擅易牙，準能朵頤緣厚，過一個適口充腸的舒服年。

臺灣沒見著的北平小吃、零食

自從臺灣光復，就拿冠蓋雲集的臺北來說吧，在民國三十五、六年，您走遍大街小巷，甭說來一籠小籠包，就想吃一碗熱呼呼的牛肉麵都沒得買。現在可好啦，黃河兩岸、大江南北，珍饈海錯，甚至零食小吃，只要是口袋麥克麥克，真可以說隨心所欲，要什麼有什麼。

長日無俚，幾位好奇的老饕湊在一塊，有位說：「你在《中國吃》那本書裡，把當年北平的大小飯館的拿手菜寫得差不多了，你再把北平的零食、小吃，現在臺灣還買不到的，說幾樣出來解解饞。」隨便想想居然也有一大堆，且聽在下慢慢道來。

酸梅糕在北平也不是隨時隨地可以買得到的，每年夏天什剎海大席棚一賣茶，賣酸梅糕的劉老頭才露面呢。劉老頭雖然鬢髮蒼白，大家都叫他老頭，其實他步履健爽，談吐從容，一點不露老態。穿的衣履整潔，毛藍布衫兒洗得都褪色泛白啦，可是穿在他身上，永遠是平平整整的。據他自己說，當年在大內餑餑房當差的，要是不乾淨整潔成嗎？他的酸梅糕分大塊、小塊兩種，都用油光紙墊底兒，放在紙板做的盒子裡，外面糊著淺黃色暗紋紙，還貼著一小條朱蓋白的紅紙籤兒，遠看就像一本書。小塊的每盒九塊，大塊的每盒只能放一塊。他的酸梅糕純粹是二貢（**白糖的一種**）、酸梅、桂花三種原料做的。

有的大戶人家，小孩生病忌生冷，不能喝酸梅湯，拿幾塊酸梅糕沏開水喝，或者拿一塊在嘴裡含含，也能止渴生津，暫時解饞。劉老頭說他的手藝是從宮裡餑餑房學的，倒不怎麼樣，可是刻酸梅糕的模子是造辦處名工巧匠雕刻的貴物。飛禽走獸、花鳥蟲魚都是一等一名手雕刻，意態生動，栩栩如生。尤其大塊的模子，因為容易湊刀，什麼萬寶花籃、奇花異卉，纖細靡遺；三星拱照的衣紋，生動飛舞。他說的雖然有點誇大，可是那些模子刻得的確風采盎然，外頭工匠沒有那麼工細的手藝倒是事實。

他另外還做一種冰糖子，糖有圍棋子大小，鵝黃透明，甘沁凝脂，也是宮中傳出來的做法。所以凡是逛荷花市場的人，總要買兩盒帶回去給小孩甜甜嘴。這一糕一糖，直到現在，臺灣還沒有人仿製。

「果丹皮」是酸裡帶甜的一種閒磕牙的零食。主要原料，是河北一帶所產的山裡紅，色如渥丹，韌若牛皮，粗如油布，每一張有信箋大小，厚似銅錢。撕下一塊含在嘴裡，酸中有甜，甜裡帶酸。尤其是長途跋涉，走在塞北漠野，嘴裡嚼塊果丹皮，不但解渴生津，如果飯後覺得腸胃不適，膨悶飽脹，吃塊果丹皮，準能消食化水。

據說果丹皮是元朝忽必烈遠征歐洲，給將士們行軍的時候消食止渴用的。是真是假，現在已經莫可究詰，不過當年在北平，想買張果丹皮吃，要到專門跑外館的山西屋子才有得賣呢（**北平乾果子店，都是山西省人經營的，所以叫山西屋子。有的跑外館做生意，也有不跑外館的**）。

北平買賣地兒，忌諱非常之多。您抱著小孩兒上街買東西，一進鋪子，如果是個男孩，儘管往櫃臺上一放，鋪子裡從伙計到掌櫃的，都是喜笑開來逗小孩。您抱的要是女孩，不管多大，可千萬別往櫃臺上放，免得招人不高興。在北平住久了，誰都知道這項規矩，沒愣抱女娃兒往人家櫃臺上放的半吊子。男孩子一坐櫃臺，尤是乾果鋪，乾果糖豆簡直吃之不盡。您就是抱著男孩到藥鋪抓藥，小孩也有得吃，藥鋪有一種化痰止咳的藥，叫「梅蘇丸」，總要抓幾粒給小孩吃。

梅蘇丸大小跟現在流行潤喉的華達丸差不多，只是一是綠的，一是白的。華達丸薄荷的辣味比較重，梅蘇丸涼而不辣，冷香繞舌潤嗓，甜不膩口，含在嘴裡比較舒暢。故都名票蔣君稼、陳小田，兩位唱青衣都是鐵嗓鋼喉，又脆又亮。可是每位身上總揣著一隻扁扁銀製的檳榔盒，裡頭既沒有檳榔，也沒有素砂豆蔻，裡頭都放的是梅蘇丸。富連成喜字輩的張喜海生前說過，在臺灣只要一進中藥店，就想起梅蘇丸。上海式的中藥店固然沒有，您就是到地地道道的北平同仁堂，也沒有梅蘇丸供應呢。

本省南部盛產檳榔，所以從臺中往南各縣市，大街小巷總能找到一兩處賣檳榔攤子。臺灣檳榔顆粒不大，都是生吃，將檳榔一剖二或是一剖四，中間夾上甘草、蛤粉、藥料，紫褐褐活像平劇徐彥旭的臉譜。外面再用碧綠的秋葉一捲，就可以大嚼而特嚼了。

當年陳冠靈局長在世的時候，有一天晚上，大家在斗六逛夜市，看見一個檳榔攤子，他為好奇心驅使，買了一粒，放在嘴裡猛嚼，走沒幾步，情形不對啦，立刻頭暈腦脹，臉上發紅，手出冷汗，好像酒醉一樣。敢情沒吃過這種鮮檳榔的人，吃得太猛，也能醉人的。有了這次經驗，在下對於這種生檳榔雖有一試之心，可是始終提不起雄心勇氣啦。可是每當醉飽之餘，就不禁想起當年在大陸吃檳榔的滋味了。

當年在大陸以士大夫自居者，以及煙酒不沾的理門朋友，都帶有一隻檳榔豆蔻的荷包。飯後掏出來，吃塊檳榔，嚼幾粒豆蔻，消食化水，祛除惡味，其效果真不輸於「強胃散」一類健胃整腸的藥類呢。

在北平買檳榔、豆蔻要到煙兒鋪去買，可是跟臺灣不一樣，都是晒乾的。不過檳榔分大口、小口兩種，味道分鹹淡兩樣，性質又有焦硬不同。所謂大口是用小鍘刀一切四，小口是一切八。鹹的是用鹽水泡過，上面有一層鹽霜；淡的就是未經加工的乾檳榔。上了年紀的老人，牙口已差，嚼不動一般檳榔，那您可以買經過火焙過焦炒檳榔，酥中帶脆；牙口好的那就買點硬頭貨來磨磨牙吧。

有一種叫棗兒檳榔的，又叫馬牙檳榔，體型比一般檳榔細長，聽說這種檳榔產在兩廣一帶，物稀為貴，在北平只有南北裕豐一類大煙兒鋪才有得買，價錢也比一般檳榔貴得多。棗兒檳榔不是買回來就能吃，必須自己加工，把檳榔放在帶蓋的小瓷盅裡，用上等花蜜跟冰糖煨上，用文火慢慢來蒸，蒸上三五小時，糖蜜都滲透了本質，檳榔變成軟中帶韌，顏色是柔曼殷紅。飯後拿一塊含在嘴裡咀嚼，甜中有澀，微透甘香，那跟西洋人飯後進點甜食，有異曲同工之妙，甚或尤有過之。

牙齒掉光了的老人家，就連焦檳榔也沒法吃了，可是也有辦法，您可以到煙兒鋪買幾兩檳榔麵兒吃。檳榔麵兒也分鹹淡兩種，可是差不多都買淡的。有錢的人家買回去羼鹿茸末兒，有人兌人參粉，也有人把甘草、枸杞都磨成粉加到檳榔麵兒裡吃的。所以豪門巨族，匠桌上擱滿了各式各樣瓶瓶罐罐的，不是砂仁豆蔻，就是各種各樣的檳榔。臺灣也出產檳榔，大家也有吃檳榔的習慣，可是性質、情調兩者不大相同啦。

早年大家雖然知道給小孩早點種牛痘，可以免出天花，可是小孩出水痘，還是免不了的。水痘雖然危險性小，可也能出得滿身都是，鼓漿、定痂、脫痂，弄不好一樣會留下一、兩個淺白痳子。小孩到掉痂的時候，照例姥姥家要來給起病，按老規矩要先到點心鋪買一匣「鼓痾兒」帶去。

點心叫「鼓痾兒」已經很稀奇，它的作用就更古怪，鼓痾兒有元宵大小，九個連在一起，上銳下豐，像座金字塔，入口之後鬆脆不靡，酥融欲化。因為是吊爐烘烤，又是給病後虛弱小孩吃的，所以油分小，爽而不膩，形狀象徵水痘的痂疤，據說小孩吃了，痂兒不但掉得順利，而且不留疤痕，不掉頭髮，不迎風流淚。因此姥姥總要買匣鼓痾兒來點綴點綴。

在下有一年在臺北南海路一家燒餅店喝豆漿，恰巧遇見了齊如老，一邊吃喝一邊就聊上啦。他說一喝豆漿，就想起平津賣的糖皮、鍋鼻兒來了。我說我只想來碗不放糖的清漿，掰上兩個鼓痾兒漿在漿裡吃。如老說：「你不提，我把鼓痾兒這個名詞早就忘在脖子後頭啦，大概自從七七事變起，餑餑鋪就停爐不做了。」現在甭說吃，就連鼓痾兒是什麼樣，知道的恐怕也不多啦。

有一次在「真北平」吃炒肝，因為是個颳西北風的中午，座兒上的人也不多，跑堂兒的老尤閒著沒事，可就吹上啦。他說當年北平飯館所有的菜碼，「真北平」是一應俱全，客人點菜絕要不短。在下覺得他的話，說得太敞了（誇大過分），我說那麼你給我份格炸吧，清炸撒椒鹽也可，焦溜加里肌絲也成。這下老尤可傻了眼啦。政府遷臺三十年，大陸各省的吃食，像不像三分樣，大概都有人學著做了，只是格炸一項，直到如今還沒有哪一家北方館兒有賣格炸的呢。北平吃食，臺灣吃不著的越想越多，真是一時說之不盡，寫之不完。等有工夫，再寫點出來，大家一同解饞吧。

說雪茄

「雪茄」名稱的由來

人類開始抽雪茄，遠比抽香煙為早。至於為什麼叫它雪茄呢？由於事隔四五百年，年深日久，大家對於這個名詞，也都知其當然，而不知其所以然了。依據植物學專家的考證，是從西班牙文的「雪茄拉」蛻變而成，「雪茄拉」原本是植物上一種害蟲，它的形態，和雪茄一樣。

最早的雪茄

一四九二年十月二十八日，哥倫布乘坐「聖瑪利亞號」帆船，發現美洲新大陸，率領一群水手在古巴登陸。他們看見薩爾瓦多土人的酋長，嘴上叼著一根褐色小火把，吞雲吐霧，悠然自得，滿室氤氳，散發一種異香，覺得非常奇特。哥倫布在美洲新大陸盤桓了很長一段時間，部下水手閒來沒事，有人為了好奇，跟土人要來抽抽。不料一吸之後，恍如輕微中酒，可是提神振氣，立刻消除疲勞。

遠離鄉土的人一閒下來，總是感覺自己空虛寂寞無聊的，抽枝雪茄就能從繁忙中得到鬆弛，疲憊中得到輕快，對於生活的調劑，自然產生了絕大的功能。很快的一傳十，十傳百，大家都有了煙癮。每天要是不抽一兩枝自捲的雪茄，就覺得惶惶若有所失，渾身不自在，幹什麼活兒都提不起勁兒來。於是大家跟隨哥倫布返航西班牙的時候，不但買了大批雪茄菸葉，並且帶了若干雪茄煙的種子，在西班牙大量種植起來。

雪茄菸最初是在西班牙貴族階層流行，當時並設有「雪茄沙龍」，聘請熟練抽雪茄的人擔任教師，教導紳商仕女怎麼樣點燃雪茄，如何拿雪茄才是優美嫻靜的姿勢，燃燒到什麼時候磕煙灰最適宜，並且指點噴吐煙圈和其他各種吞吐的技巧。

雪茄煙在歐洲的盛衰

雪茄煙再由西班牙傳到英、法、荷、義後，這些國家的貴族都認為雪茄是水手們從蠻荒人處學來的，起源下流，不屑一顧，只有一般勞動階級來抽。可是羅馬教皇烏爾班八世，不知道為了什麼，忽然心血來潮，他諭知神父們在領導望彌撒的時候，必須點燃雪茄。從此以後，莊嚴肅穆的教堂裡，煙味蓊鬱，紫霧瀰漫，一直到第十世教皇忽然又下令在教堂裡禁燃雪茄。

可是這時候歐洲各國一般平民，一方面為了好奇，早就藉口教堂裡都准點燃雪茄，而相率大膽抽起雪茄煙來。久而久之，都有了煙癮，雪茄反而變成日常不可或缺的必需品啦。

這個時候，貴族王侯、豪門巨室仍舊認為抽雪茄是水手們不登大雅的野蠻玩意兒，堅持原則，不抽雪茄。可是有些貴族子弟偏偏不太爭氣，見獵心喜，背著家人長輩偷偷的抽來玩，日子一久，跟普通人一樣，個個上癮，也都變成非煙不樂的癮士了。

到了一八五一年，羅馬教廷對雪茄煙的厭惡態度又有改變。頒布了一道新諭令，不但取消禁吸雪茄的前令，而且對於凡是反對雪茄的人士一律判處監禁。從此雪茄煙又再度在歐洲漸漸抬頭。到了十九世紀末期，所謂紳士階級，每人叼著雪茄煙在大庭廣眾之間噴雲吐霧，怡然自得，好像一枝在手才夠派頭似的。

美國雪茄煙

美國在殖民時期，婦女們為了賺點零用錢，用纖纖玉手捲出各式各樣的雪茄煙在街上兜售，有一種細枝味淡的雪茄煙是專供婦女吸用的。因為當時還沒有發明紙煙，婦女要抽煙，也只有抽雪茄煙。到了一七七〇年，雪茄煙的消費量一天比一天增加。在賓夕法尼亞州蘭加斯特城，首先有一家正式雪茄煙廠出現。後來雖然有了紙煙，可是在第一次世界大戰之前，紙煙在癮君子眼裡，實在沒法子跟雪茄煙等量齊觀。除了少數婦女或文弱的男士外，大家都認為口含雪茄才夠豪邁英勇，有男子漢的氣派。

第一次世界大戰改變了吸煙的趨勢

在第一次世界大戰，雙方戰鬥正酣，聯軍前方戰士精神苦悶無聊，個個希望後方能充分供應雪茄煙，用來解乏提神，增加耐戰能力。美方政府於是訂購了大批雪茄煙供應前方將士。當時雪茄菸廠老闆只圖近利、不顧商業道德，加上前方催貨急如星火，有的廠家經驗、技術都不夠水準，菸葉乾燥程度不足，就粗製濫造趕著出廠交貨。雪茄煙運到前方戍守在沼澤地帶或者在戰壕掩體待命出擊的官兵，領到的雪茄當然談不到如何保持乾燥，再加上雪茄煙本身所含水分太高，左點不著，右點不燃，劃了一堆火柴，煙還是吸不到嘴。

久戰沙場的人，多半情緒激動，有的暴跳如雷，有的穢語唾罵。在第一次戰役，因為在壕溝裡劃火柴，火光閃灼，此起彼落，被敵機發現，一枚炸彈臨空一擲，壕內戰士全部犧牲。從此，前線官兵對於雪茄煙深惡痛絕，於是在歐洲戰場上的美軍和歐洲盟軍紛紛改抽紙煙。而捲煙製造廠又能抓住機會，銳意革新，提高品質，再把賺來的利潤拿出一部分來，大肆宣傳。所以在第一次世界大戰終了，紙煙幾乎霸佔了整個市場，把雪茄煙幾乎完全打倒。

到了第二次世界大戰期間，雪茄煙規定由政府向登記合格的製造廠收購，各製造廠鑑於前次失敗的教訓，力圖湔雪前恥，換回聲譽，無論如何要搶回失去的市場。一方面提高品質，也由手工捲製改為機器包捲；同時醫學界又高唱癌症的猖獗，煙紙是罪魁禍首的論調，於是來了個宣傳攻勢，說煙不是癌症的致命傷，捲煙的紙才是感染癌症主要的媒介。這種說法透過各階層刻意擴大宣傳，癌是不治之症，人人懼怕，於是前方將士又一窩峰對雪茄煙發生濃厚興趣啦。

雪茄菸廠苦心孤詣的宣傳術

大戰末期，在法國諾曼第，第一位空降的美國傘兵，就是嘴裡銜著雪茄煙著陸的。雪茄煙製造商認為良機難再，趁此千載難逢的機會，又大肆宣傳一番，吸雪茄可以提高勇氣，更把雪茄的身價抬高了不少。

各種行業中，最善於宣傳、肯花大錢來做宣傳的，恐怕莫過於早期菸草製造業啦。雪茄煙的亨白、老美女，捲煙的吉士、駱駝，用在推銷宣傳的費用，真是大得太驚人啦。美國在早期電影裡，口銜雪茄、身穿工裝、頭戴鴨舌帽的，大家一看就認定他是歪哥。這種宣傳，無疑的對雪茄煙的銷路發生了嚴重的壞影響。於是由雪茄煙協會領頭發起，向好萊塢影壇進軍，提出交涉。希望不要讓銀幕上的暴徒，口銜雪茄。起初是遭到好萊塢影業當局拒絕，後來協會用種種手法向影界權威人物提出，全美國有二萬五千家雪茄煙店，每天經過雪茄店的行人，照最保守的估計也有五百萬人。假如好萊塢當局同意，嗣後在影片裡飾演壞蛋、強盜、流氓者流，而改為腦滿腸肥的董事長、總經理、紳士型大亨人物，口叼著雪茄煙，則全美國三千多家雪茄煙店願意免費給各影片公司新出品做廣告，以資吸引觀眾。這個兩蒙其益的建議，終於得到各電影製片商的全力支持。

這樣一來，雪茄煙不但受到美國各階層男士的歡迎，就連婦女們也不再提出抗議了。同時正是大家對於癌症談虎色變、畏如蛇蠍的時候，製造雪茄煙的廠商拼命說菸葉不會讓人感染癌症，可怕的是捲煙紙，更增加了一般人對捲煙的恐懼，不管真假都摒棄紙煙，改抽雪茄。雪茄煙從此又獲得新的轉機，進而風行各地，雖然沒有把香煙打倒，可是雪茄煙終於抬頭，和紙煙並駕齊驅了。

雪茄煙的種類

中國人喜歡抽雪茄煙的本來不多，一般抽雪茄煙的朋友也只是知道雪茄煙，或者是呂宋煙而已，很少有人細細去研究它的。其實仔細分析起來，雪茄煙的種類可太多啦，以產地來說，約略可以分為三大類，是荷蘭、菲律賓、古巴。

荷蘭煙的顏色是灰中帶綠，包在表面的一層外葉，薄如蟬翼，細潤有光，吸起來溫淳浥浥，清美融舒，比之香茗，有如西湖龍井。

菲律賓雪茄煙色褐裡泛紅，纖維較粗，紋理分明，煙味香醇厚重，無論是機器或人工捲製，都不如荷蘭煙捲細緻精巧，表裡均衡。可是沉著雄勁，又非荷蘭所及。要抽菲律賓的雪茄，應當買平頭式，最好避免吸用密封式，因為密封式必須用特製剪煙刀，將吸口剪成魚嘴形來吸，才不致於劫火，或者吸到一半煙就燒偏，這固然是捲製時候鬆緊欠勻，可是吸者功夫不佳也有關係。菲律賓的雪茄，以呂宋島、蘇門答臘所產菸葉捲製的最好，甘而凝重，馥郁沖和，比之香茗有如故都雙薰香片。

古巴的雪茄煙是最受歐美紳士階級珍視的，不但穠纖各異，而且種類繁多，有的新清柔美，有的醇正湛香，可以各取所需，各選所好，比之香茗有如祁門紅茶。當然還有若干國家出產極品雪茄，現在不過把眾所周知，舉其犖犖大者來說罷了。

特製的雪茄煙

自從十九世紀初，雪茄煙在上流社會裡風靡一時後，拿破崙三世有位寵將漢得森，功高震主，既富且貴。人有了錢，就要折騰，他花了十幾萬元美金，到哈瓦那訂製一批專用雪茄，在雪茄上鑲有金嘴，除了四周刻有皇家統帥的徽誌外，正中還嵌上代表法皇拿破崙姓名的「N」字。今天有若干煙環上還印有凸出金黃「N」字的，那就是當年漢得森大將的流風餘緒。後來雪茄收藏家，都以自己存有這種特製專用雪茄為無上珍品。加拿大有位雪茄收藏家，搜集到當年漢得森特製的金嘴雪茄，居然有十二枝之多。

英法兩國雪茄收藏家對於雪茄煙上的紙環，似乎特別感到莫大興趣，當年合肥李鴻章奉派為欽差大臣，出使英國，英國宮廷對於李文忠禮遇優渥，特別給李中堂訂製一批雪茄，二十五枝裝煙匣上燙有對李的惠臨表示歡迎、中英邦交從此永固的字句。煙環上並且印有李的朝服像，還嵌有一粉米星小珠子，垂紳搢笏，儀態萬千。筆者民國二十年在上海孟德蘭路李氏裔孫李瑞九府上曾經瞻仰過，我想歐洲各國的雪茄煙收藏家，必定還有人收藏著這種稀世珍品呢。

英國故首相邱吉爾，不但是抽雪茄的專家，而且煙癮奇大，時時刻刻嘴上叼著雪茄。張伯倫的洋傘、邱吉爾的雪茄，可以說是這兩位首相獨有的標誌，也成了漫畫家筆下的特寫重點。丘所吸的雪茄煙就是加工訂製的，據說丘的雪茄訂製總是兩千枝一批。每次捲製的時候，他的私人醫生必定參加工作，在煙裡加入藥料。有人說防止喘咳，有人說提神醒腦，總而言之，他的專用雪茄每枝都摻有定量藥劑，那是千真萬確的。

丘氏遇有重大疑難問題，喜歡把臥室加鎖，一個人脫得赤裸裸的關在屋裡，雪茄煙是一枝接一枝的點燃，或走或臥，沉思冥想，諾曼地登陸計畫就是在這樣情形之下完成的，他在臥房不眠不休，繞室徬徨了將近一星期。據他的侍者說，他後來進屋打掃清潔，發現到處都是煙蒂，地上鋪了一層雪茄煙灰，數一數殘留煙蒂有八十多枚。平均每天要抽十二枝以上，從此英國無人不知首相邱吉爾是雪茄大亨了。

雪茄煙的故事

俾斯麥鐵血宰相是舉世聞名的，同時也是雪茄宰相，大概知道的人還不多吧。當奇里克里血戰方酣的時候，他的軍裝口袋裡放著一枝雪茄。當前線攻擊火力暫停，他本想點燃吸兩口提提神，忽然炮火又轉熾烈，於是顧不得吸煙，又把這枝煙放回衣袋裡，立刻聚精會神指揮作戰。等到戰爭勝利結束，他顧盼自雄以勝利者的心情巡行劫後餘燼的戰場，發現廢墟邊躺著一個奄奄待斃的騎兵，兩腿已被炮彈炸飛。俾斯麥走到他身旁，瀕死的騎兵對著他喊說：「不管是什麼物品，只要是現在我看得見，我都喜愛。」俾斯麥伸手進口袋裡摸摸，只有幾枚金幣，此外就是自己想抽而沒工夫抽的那枝揉碎的雪茄。他想金幣對於一個瀕臨死亡的人是絲毫沒有用處的，於是默默地把那枝自己老是捨不得抽的雪茄點燃，放在騎兵嘴裡，讓他抽臨終前最後一口雪茄。後人在俾斯麥日記裡，發現他寫著：「那悲哀的騎兵，臉上浮出來的充溢著感謝的微笑，是我有生以來所抽過最珍貴、最有價值的一根雪茄煙。」

世界上有收藏雪茄煙癖好的人非常多，瑞典國王古斯達夫十五世，是收藏雪茄煙煙環最多的一位。他的皮藏據說有五千多種，珍藏簿是鱷魚皮封面燙金特製，每本貯有煙環五百枚，每枚都有防潮防裂保護套，同時對每一枚煙環歷史都有詳細記載。倘若發現某處有一枚煙環，是他珍藏簿所未搜集的，他能千方百計不惜任何代價，把那枚煙環收歸己有才肯罷休，人稱這位國王是煙環收藏最富的一級專家。

洪憲時代，一度是袁項城紅人的湯住心（薌銘），湖北蘄水人，海軍出身，他從海外學成回國，就有了搜集雪茄煙的嗜好。晚年住在北平石板房胡同，精研佛典，皈依密宗。家裡有一座佛堂、一間名叫紫雲龕的精舍，佛堂大大小小沙金七寶浮圖有一百多座，奇形怪狀密宗的諸天菩薩不計其數，至於密宗分門別類的法器更是應有盡有。收藏雪茄煙的叫紫雲精舍，屋裡防潮、採光、通風，都是針對如何保衛他那批心愛的雪茄煙而設計的。一座佛堂，一楹精舍，平素都是重門深扃，未經許可，等閒人不准越雷池一步。

大家都知道菸葉可以殺蟲，可是雪茄煙如果保管不善，反倒容易生蟲，因此湯住老常為煙蟲所困擾。他的哲嗣佩煌在武漢和筆者昕夕盤桓，過從甚密，他知道當時舶來進口雪茄都由筆者經管稽徵，而筆者又是嗜茄有癖的，想必知曉雪茄煙怎樣保護才能防蟲。有一年春節，我跟佩煌兄一同回北平過年，他特地約我到他家吃春卮。住老那天特別高興，親自引領瞻仰佛堂，隨後來到紫雲精舍參觀瀹茗。

他收藏的雪茄，多達四千七百多種，不但編號，而且訂有兩本用緞面綾裱宣紙加襻的「藏煙小志」精裝冊頁。所有藏煙按國籍、產年、製造廠、包裝情形分門別類拍有照片，用中文正楷詳細記註，其中有些特製雪茄，或者有歷史性的雪茄甚且把它身世小史，也都旁註說明。不用看煙，就是瀏覽閱讀這兩本冊頁，已經令人舌撟難下，嘆為觀止了。

住老藏的雪茄以包裝來說，從一枝，兩枝，三枝，五枝，十枝，十二枝，二十五枝，五十枝，一百枝，二百枝，最多的有五百枝大木匣裝的。以裝潢來講，用皮革，用鉛鋁，各種金屬，花花綠綠的紙張，千奇百怪的樹皮，甚至有用象牙、虬角、蟒蛇皮、玳瑁殼的，真是斑琯錦綬，鏤金嵌玉，繽紛閎彩，令人目不暇給。

菸葉捲成雪茄之後，外包葉上必須膠著物捲緊，所以也最容易誘發蟲蛀。尤其一般雪茄煙匣以木質的居多，蠡蟫滋生更快。所以瑯嬛鄴架，排列得層次分明，可是匣裡每枝雪茄，可能都是蟲孔斑斑，金玉其外，敗絮其中。住老對於雪茄煙的蟲禍，實在無可奈何，只有看著心痛可惜，而又無計可施。

在下看見這種情形，只好把個人保護雪茄煙的方法，說給住老參考。雪茄煙放在木質匣裡不動，大概一年到兩年必定發生蟲蛀，如果打算長久保存，必須全部拿出來，把包有金銀錫紙或者麥梗、樹膜的外包一律剝除，用大小不拘，深度五寸，外帶五寸高度，套蓋玻璃匣子。匣子裡鋪上三、四寸厚的春茶龍井，將雪茄一枝一枝倒插在龍井茶裡，然後把套口密封，隔年啟封換一次新茶，經過這樣處理，一般雪茄藏個十年八年，大約可免蟲蛀，外包菸葉也不致龜裂脆碎，抽起來煙味反而更覺淳正沁潤，爽不刺口。

住老認為在下所說的辦法頗可一試，不過這種尺寸帶蓋的玻璃匣子，一時難得。此老性急，立刻打電話請唐山耀華玻璃廠照樣訂製，後來聽張一元茶莊說，石板房湯宅一口氣買了一百斤春茶龍井，大概就是買來作為存藏雪茄之用的了。

英皇愛德華，他在世界各國元首裡煙癮之大是馳名國際的，可是他只抽雪茄，煙斗是絕不沾唇的。

在一八五九年，他備位皇儲，還未登基，以皇太子身分到加拿大去旅行。在中途走過一片平沙無垠、紅葉含霜的大草原，既看不見村姑野老，也聽不到飛瀑流泉，四野靜寂，只有掏出雪茄來抽解悶祛煩。同行侍從當然人同此心，都表贊同，雖然每人都帶有雪茄，可是無巧不巧，大家都忘帶火柴。你尋我找，好不容易在一個侍從錢包裡居然找到了一根火柴，此時這一根火柴比什麼東西都要珍貴。可是在曠野荒郊，朔風冽冽的時候，萬一點不著，或者是被風吹滅，那麼如饑似渴要吸的一枝雪茄，豈不是吸不成了嗎？於是所有人眾圍在一起，用手擋住風向，火柴一擦著，愛德華興奮得面紅耳赤，集中精神，以煙就火，猛力一吸，總算把煙點燃了。

後來他繼承皇位，仍然常常提起這件事，說在他一生之中，從來沒有如此緊張過。以後英國皇室貴族中，凡是吸雪茄煙一律用火柴點燃，沒有人使用打火機。直到如今，還有少數泥古的紳士仍舊保持用火柴點雪茄的習慣呢。

北洋政府時代，也有一件有關雪茄的小故事。

交通總長吳毓麟不但是個戲迷，而且是力捧尚小雲、小翠花的捧角家。有一天，尚小雲和小翠花在北平棉花上頭條寓所，請上海來的一班有頭有臉的人物吃晚飯，要請吳總長架架勢（**撐撐場面的意思**），吳當然欣然前往。酒足飯飽之餘，有人提議玩場撲克，於是沙發矮桌前一圍，大家就玩起牌來了。一場撲克玩下來，吳總長大概輸了一萬塊大洋出頭。在當時一萬塊，比現在一百萬恐怕還吃重。散局回家越想越窩囊，忽然想起當時每逢進牌，同座有位先生總喜歡拿著一盒五十枝裝亨白牌呂宋煙，在桌上晃來晃去敬煙，有點可疑。

於是第二天自己帶了一匣呂宋煙到尚小雲家裡，坐在昨天原座比畫研究，哪知這一比畫不要緊，居然被他看出蹊蹺來了。敢情沙發前矮桌上面鋪的是整塊玻璃墊子，呂宋匣子蒙有一層透明玻璃紙，如果浮面玻璃紙撕掉，匣底的紙不撕，則跟玻璃墊兩相映照，誰家進牌的是什麼，都可以一目了然，吳至此恍然大悟。

這批老千敢情是從上海開碼頭到北平的，利用小雲家作為掩護，避免警方注意，小雲根本被蒙在鼓裡。如果弄穿，讓員警想法抓人，對於小雲面子未免難堪，自己也不好看。吳只得自認晦氣，平白損失一萬多元。後來逢酒酣耳熱，他自己說出曾經吸過一萬塊錢一枝的雪茄來自我解嘲，大家才把這場腥賭的事傳出來。

中國製的雪茄煙

一般吸雪茄煙的朋友，總以為所有的雪茄煙都是舶來品。其實平漢鐵路線上的山東兗州，早就有用人工捲製的雪茄煙啦。每匣五枝裝，味道還真不錯，只是捲製的手法有欠均勻，吸到一半，煙時常有燒偏了的現象。

北平崇文門大街，在民國十六、七年，開設一家雪茄煙的店鋪，就用店主的名字叫「卜護主」，夫妻兩人都是荷蘭人。雖然是一家用手工捲煙的小型雪茄煙工廠，只有十多名工作人員，可是在卜氏夫婦熱心指導之下，理葉潮潤、加香、捲製各項步驟都得做得非常認真細膩。所用的菸葉，大部分來自菲律賓、蘇門答臘，外包葉全用古巴哈瓦那的特級品。煙環、木匣的烙印鋼模都是向荷蘭訂製的。因此卜護主的雪茄煙，煙味淡遠厚重，色香俱佳，尤其煙的包裝設計堂皇絢麗、高雅脫俗。價錢方面，由於他是國內設廠捲製，不徵關稅，只收統稅，比起一般舶來品要便宜兩倍有餘。當時東交民巷的駐華使節團，以及一般抽雪茄的朋友，都成了卜護主的老主顧啦。

抗戰時期，大後方全體軍民悉力抗戰，能抽到一枝紅錫包（又叫小大英），已經是沙中得金了，哪還談得上什麼老美女、可郎納、小綠樹一類名牌雪茄呢。可是四川有一種金堂菸葉，居然有人把金堂菸葉捲起來當雪茄來吸，等到勝利還都，再換回來一抽當年各種名牌雪茄，反而覺得不太習慣呢。

民國三十五年來臺，故友任先志兄正主持專賣局的臺北菸廠，該廠除了製造捲煙外，還捲製雪茄煙。據說臺北菸廠產製的雪茄煙，在日據時代，主要是專供日本天皇吸用的。所以擔任捲製的女工，一律採用未婚少女，以示純潔崇敬；一旦結婚，立刻改派其他工作。前幾年有幾位終身未嫁的女工及齡退休，都是當年日本天皇的御用女工呢。

先志兄雖然監製雪茄煙，可是他本人是位香煙不離口、雪茄不進口的朋友，對於雪茄煙的製造，當然所知不多。碰巧在下是一個抽雪茄的老槍，所以我們在一起一聊天，就聊到雪茄煙上來了。

在下從上海來臺，雪茄煙帶了有二三十種之多。其中有一種我們叫它蒜頭雪茄的，一頭粗，一頭細，粗的一頭圓徑有三寸半，細的一頭跟普通雪茄一樣粗細。這種煙是古巴產品，煙環是咖啡色印白字，清樸淳古，雅緻大方，是專為工作忙、煙癮大的人設計的。在外國有些地方是不准隨便吸煙的，尤其是工廠，一定要到指定吸煙室才准吸煙。可是有的老槍，癮還沒過足，又要返回工作場所，非常彆扭，蒜頭煙就最能配合那班人的胃口。煙的頭部特別大，點燃之後，吸一口進嘴，煙量等於四五口，特別過癮，可是煙癮小的千萬別試，一試準會頭暈。

另一種是小綠樹，煙枝細而且長，跟長枝濾嘴香煙相等，二十枝一束，十束一匣。這種煙有一優點，自己吸起來柔香湛美，別人聞著也沒刺鼻嗆喉的煙味。

當時在下認為這兩種如果能夠研究仿製，則庫存的日據時期臺灣生產的雪茄菸葉一定可以很快消化罄盡。先志兄異常高興，回贈我二十五枝的雪茄一盒，捲製得非常細緻光潤，一看就知是精工特製。煙環是聳金邊，藕荷色底，頂上是一枚日本皇家標誌，下方是個金色「S」字，這盒煙就是進呈日皇的御用餘留品。另外有五束麻花形的雪茄，三枝煙擰在一起，跟油炸麻花形式大小完全一樣。每束紮著一條黃色絲帶，他說這種雪茄是給秩父宮殿下特製品，這位殿下吸煙不用煙嘴，麻花形便於夾在手指上。他又送了我一隻木質雪茄煙盒，黑漆漆的，毫無紋飾，簡直是煙盒的粗坯。他說這種盒子的木頭叫做橉筋木，是巴西稀有的特產，木質堅硬似鐵，不生蟲、不腐、不蛀，用作煙匣可以防蛀。

事隔二十多年，先志兄所送兩種名貴雪茄，自用、送人早已無存，而他也在前兩個月菩提證果。偶或把玩他所贈的橉筋木煙匣，輒不禁有琴在人亡、黃壚邈邈之感。雪茄煙的歷史比香煙久，所以故事也比較多，一時也說之不盡，有些事留待以後再慢慢的說吧。

宜酒、宜飯、宜茶、宜粥的火腿

從前考古專家中國通福開森說：「儘管德國人誇稱德國做的香腸火腿，滋味好，花式多，可以雄視歐亞各國。說這些話的德國人，我敢斷定他們沒有嘗過中國的雲腿、蔣腿，否則絕對不敢大言不慚，自吹自誇說德國火腿是世界第一的。」

民國十年左右，北平德國醫院的狄勃爾大夫，不但是當時醫學界的權威，而且是紳商各界交際場合裡的甘草。他曾經說過，他特別愛吃中國菜。凡是經他妙手回春治好的大家閨秀、豪富名流，知道他的特嗜，真是鄴中鹿尾，塞上駝蹄，天天羅列滿桌，時常十天半月頓頓都吃中餐。他最愛吃用火腿燉的湯、火腿煨的菜，尤其是雲腿夾麵包，他認為那比熱狗三明治，不知道要高明多少倍。

中國人遠者如美食名家袁子才，《隨園食單》裡素菜葷燒的，十之八九都離不開火腿。狂人金聖歎在臨刑的時候，還忘不了告訴他兒子說，豆腐干加花生下酒，有火腿味。可見此公不但愛吃火腿，而且認為火腿下酒是無上的雋品，才有這種妙喻。近者如「洪憲皇帝」袁項城，雖然是河南人，可是每餐必備火腿熬白菜燉。譚延闓的畏公魚翅，全是火腿雞湯借味，離了火腿也就不成其為譚家菜名肴的上品啦。

照以上情形來看，不論古今中外，好啖的老饕，對於國產的火腿都有特別偏愛、極高評價的。

中國西南各省，大半都會醃製火腿，不過以浙江的金華火腿和雲南宣威的火腿最負盛名。浙江火腿大家都認為產自金華，所以才叫金華火腿，要買必定指名要金華產品。其實浙東金華、義烏、盤安、東陽一帶都擅製火腿。真正吃火腿行家都覺得在浙東出產火腿的各地區來比較，東陽腿品質香味實在要高出一籌。

當年浙東一帶，每年接近重陽，各火腿行莊就開始忙著醃火腿了。所有合於醃製火腿的豬腿，全被人搜購一空，如果此時想搞一隻蹄膀來吃，不是跟豬肉商有點交情，那簡直甭想買得到。

醃腿也分季節，重陽前後醃的腿叫秋腿。此時豬隻的膘頭還不足，不過腿市新貨紅盤開得高，秋腿搶先脫手，可以賣個好價錢。十一月醃的腿叫冬腿，這個時候膘頭養足，皮光肉細，是腿中上選。立春以後所醃的腿叫春腿，因為冬寒已過，豬漸退膘，品質方面就稍遜。不管是秋腿、冬腿、春腿，人家內行莊客一看便知，每人都隨身攜帶一枝削尖的竹扦子或者是鋼扦子，如果要調查肉的品質老嫩，醃製的手法、時間如何，只要把扦子往腿上一插，再抽出一聞，就可以嗅出品質好歹。這種老師傅在行莊裡都是高薪厚祿，地位崇高，特別受人敬仰呢。

醃製火腿看似並不複雜，可是做起來的手法，可就大有高低優劣啦。首先要把整隻豬腿割下來，要是刀工不好，割的部位有偏差，將來醃好，腿形不標準，自然賣不起好價錢來。整隻豬腿要用大籽鹽塗滿後仔細搓擦，遇到瘦肉部位，更要加鹽多揉。所謂大籽鹽就是海氣晒鹽，如果用小籽鹽（灶鹽）或是精鹽，醃出來的火腿鮮度就差了。豬腿醃好要平放掛釉的瓦缸裡，缸底要用竹篦子架空，讓大鹽行滷後的滷汁慢慢流到缸底，不致滲到肉裡，影響肉的品質。

如此經過八天到十天（看天氣冷暖而把天數增減），加鹽一次，份量要比第一次用鹽減半，過十天後再加鹽一次，比第二次再減半。醃到將近一個月期間，老師傅打過扦子，認為可以出缸，挑選一個陽光普照的大晴天，把整隻醃腿一條一條拿出，放在大木盆裡，用清水浸泡，河水、井水均可。就是避免用自來水，因為自來水裡有化學藥劑，肉味會變苦澀。泡的時間要看陽光強弱而定。醃腿經過幾小時的浸泡，所有腿上附著的鹽滷雜質要輕輕洗抹乾淨，懸掛在通風良好的陽光之下曝晒，等到腿肉泛紅，表皮堅硬，再把腿形修整一番就算大功告成了。至於腿的好壞，那就全憑老師傅們的經驗技術了。

有人說醃製若干隻火腿中，必定要有一隻戌腿（狗腿）才能提鮮，您如果問一般製腿的老師傅，他們總是笑一笑，既不承認，也不否認。其中有什麼貓兒溺，外行人就莫測高深了。不過筆者在江蘇泰縣一次宴會上，確曾吃到戌腿，其色深紅，全部瘦肉，有點像北平的青醬肉，可是木渣渣的，鮮味全無。頑石先生說過，戌腿精華全被豬腿吸盡，所以味同柴木，確實信而有徵。

現在來談談雲南的宣威腿，當年在平津等地，想吃金華腿隨時隨地在南貨店、南貨擔子上都可以買得到。可是想吃真正雲南宣威火腿，那就可遇而不可求，要碰機會了。抗戰時期，凡是初到昆明的下江客，第一覺得昆明市面太晚，早上十點敲過，街上還是寂靜無聲，十家商店倒有九家還沒下門板。昆明早上也講究吃茶，火腿一碟，等於別處的花生瓜子。由於雲腿平常少吃，外來客無不大啖一番。從前只聽說火腿可以下茶，敢情到了昆明，確實是一邊喝茶一邊嚼火腿。

雲腿體型巨大，頭號雲腿比浙腿要大一半。據說宣威醃製火腿的豬隻，不但品種優異，而且飼料都經過加工，所以養的豬都是皮薄肉嫩，製成火腿不但顏色殷紅柔曼，味道更是醇厚香潤，既酥且嫩。另外有一種竹葉的火腿，紅肌白理，香不膩口，好喝兩盅的，都喜歡用竹葉薰來下酒。雲貴各省的老饕吃慣了醇厚腴爽的雲腿，偶然吃到浙腿，反而覺得味薄而膩，不及雲腿呢。

火腿在烹調方面，一般人總認為其作用是提味起鮮，是絕妙的配料。其實好火腿要作為正菜單獨品嘗，才能體味出它醇正昌博的真味原味來。拿火腿做主菜，有蜜汁火方、一品富貴等等。現在固然是佳腿難得不可苛求，可是以目前一般飯館來說，不論是江浙館，或者湘滇粵各省飯館，火候刀工一絲不苟，真能夠得上真正標準的可以說少而又少。

拿蜜汁火方來說吧，一定要選火腿的中腰封，因為中腰封是整隻火腿菁華所在，先要看火腿的大小，然後切成方塊，片皮剔肥，只取精肉。把整個大干貝洗淨，用紹酒浸潤過鋪滿墊底，作用是吸油去腥、提鮮助味。然後另外用蜜汁三成、冰糖七成，上鍋先蒸，等糖蜜融合之後備用，因為蜂蜜有一種花粉味，只能三成，用多了影響火方正味。火方上鍋蒸到八成火候，才能把蜜汁澆上，只能蒸十分鐘就可以起鍋上席，蒸得稍久，火方就甜膩滯口，要特別注意。這道菜火腿厚重，蜜汁甜潤，所以絕對避免羼入火腿肥膘，才能得腴而不膩之妙。

一品富貴是一道酒飯兩宜的填充菜，早先這道菜要配荷葉捲，後來經陳光甫先生提倡，改用去邊麵包蒸軟夾火腿吃，那是為了老年長者牙口不好來設想的。想不到現在一律改用麵包，反而沒有用荷葉捲的了。一品富貴不同於蜜汁火方的，是雖然去皮，可是要稍許帶肥。火方是切方塊，這個菜可是要切片，考考廚子的刀工了。火腿要切薄到成片就行，切好之後，要不鬆不散，更不許連刀，因為這道菜的火腿瘦中帶肥，雖然浮面澆上木樨蓮子汁，也不過取點清香而已。現在有些飯館用蓮子羹墊底，火腿則肥多瘦少，厚度有兩枚銀元厚，那簡直考驗吃客的齒功啦。

上腰封的火腿切絲，用三合油拌薺菜啜粥，可算粥菜中逸品。當年張恨水在《世界晚報》寫《金粉世家》長篇小說裡，有一部分他自認為是用《紅樓夢》筆法的，他非常得意他寫金總理家七少爺燕西生病，讓廚房準備幾樣清淡粥菜，其中有一碟拌鴨掌，大家閒時聊天，筆者給他建議，不如改為雲腿拌薺菜，因為富貴人家子弟生病，絕不會拿不易消化的鴨掌當粥菜的。抗戰時期張在重慶患瘧疾，病後胃口不開，忽然記起拿雲腿薺菜啜粥，並且馳書告訴筆者，所謂粥菜逸品，今得之矣。可見火腿宜粥，也是有其根據的。

至於以火腿下酒，揚鎮一帶菜肴多用重油，喜歡半肥半瘦火腿。蘇錫人士飲食以清淡是尚，佐酒火腿大都採用純瘦，總要剔出所謂「眼鏡」來啜酒。總之，不管是浙腿、雲腿，吃到嘴裡能夠腴而能爽，酥而不糜，清淳浥潤，才算是腿中上品。

寫到此處，想起有關火腿的一個小故事。

抗戰勝利筆者曾到揚鎮小住，好友胡國華兄適在黃伯韜軍中主持福利社，承他送我一隻玻璃錦匣，打開一看，是長不過三寸宛然蹄爪的火腿一對。那麼小的火腿，當然不是豬腿，可是什麼動物有這樣的蹄爪呢，真把我考住啦。後來還是胡兄自己說明，才恍然大悟。原來他們福利機構，有一位東陽醃腿的老師傅，不但醃製火腿是老經驗，對於修整腿形更是拿手。閒來無事，他碰到豬隻尾巴特別肥大的就切下來，跟其他火腿一同醃晒，醃好出缸，加以修整截短之後，把豬爪後尖小指剝下來，裝在豬尾巴尖上，迷你型的小火腿，就大功告成，真是天衣無縫，一點看不出是偽造。經他說明了才覺得毫不稀奇，可是猛一看真能把人唬住。

筆者這對小火腿帶到上海之後，被火柴大王劉鴻生看見，覺得新奇好玩，於是這對迷你小火腿就變成他多寶櫃的珍藏了。這小玩藝雖然不是真正火腿，可也算是有關火腿的一段趣話。現在談火腿，所以把它寫了出來。

臺灣捲煙滄桑

臺灣在光復之初，公賣局所屬只有兩家捲煙廠，一是臺北，一是松山，兩家的香煙牌名都叫「香蕉」。當時國土初光，物資缺乏，紙張粗澀，油墨浮而易脫，所以香煙包裝得粗劣難看，跟郵票的暗淡無光，讓凡是初履斯土的人大半都有今不如昔的感覺。寧願買跑單幫從大陸帶來的香煙抽，誰也不願意買包香蕉煙來過癮。

後來香煙進口，勢如潮湧，海關不得不加強管制，大陸香煙的來源越來越少。松山菸廠又出了一個新牌子叫「樂園」，雖然裝潢上仍然土裡土氣，上紅下黑，有點像鄉下大姑娘紅棉襖藍褲子的打扮，可是捲煙的香料，經過研究改良，脂粉味已經不像香蕉煙那樣衝鼻子，捲煙的配方也經過專家們設計改善，一般人在不抽也得抽，無可奈何情形下，只好勉強接受了。

民國三十七年十月間，臺灣省政府舉行臺灣產品擴大展覽會，臺北菸廠特別生產了一種綠島牌香煙。雖然紙張、印刷都不理想，可是外面罩上一層玻璃紙，增加了亮光度，猛一看也挺唬人的。松山菸廠當時雖然也研究出來幾種新配方的香煙，可是全都未取牌名，當然包裝、印刷方面更沒有準備了。因為大會揭幕在即，時間迫促，只好把印刷廠初步設計尚未定案的一個圖案，臨時起了一個「新樂園」牌名，就拿出來應急。當時因為物資缺乏，成本控制奇嚴，包裝方面外包用了玻璃紙，內包就不能再用鋁箔紙。綠島既然用玻璃紙，新樂園就只好用鋁箔紙了。現在市面上銷售的新樂園，就是原始包裝紙的圖案，畫面既有椰影婆娑，又有繁枝老樹，真所謂時不分春夏秋冬，地不分東南西北的一個圖案。雖然大家都覺得不滿意，可是也只好硬著頭皮拿出來了。

由於內包裝紙是使用鋁箔，在臺灣還是創舉，同時臺灣是高溫多濕地帶，不但空氣裡水分多，吸濕快速，同時菸草本身蘊存的芳香味也發散得快，可是一改用鋁箔紙包裝，不但香煙不太容易霉變，同時香味可以保持。因之新樂園這個牌子從民國三十七年十月開始，有二十年左右給公賣局財政收益上做了很大的支柱。截至目前，還有若干新樂園忠實的吸戶，只抽新樂園，對於再好的香煙也不屑一顧。

有一個時期，忽然有人認為樂園、新樂園兩個牌子捲煙包裝紙的圖案太陳舊，應當換換新圖案。於是把樂園改成深黑跟橘黃相間的顏色，新樂園改成白底中間有一棵綠色冬青樹的顏色。結果樂園包裝紙黑色過於濃厚，活像楚霸王項羽的打扮，普通漿糊沒法黏牢，剛剛黏好就咧嘴。新樂園的綠色，就本省習俗來說，是喪禮所用，一種不祥的顏色，誰娶媳婦、嫁女兒，以及其他喜慶做壽，都忌諱用新樂園來待客了。新樂園銷路一銳減，對於公賣收益實在影響太大，於是立刻又把新樂園恢復原狀，使用舊有的圖案了。

繼新樂園之後，松山菸廠又出了一個新牌子叫小華光，包裝紙改了銅版紙，圖案是請上海專家設計的。一隻地球上豎光芒四射的燈塔，不但切題，而線條、筆法都相當工整細緻。因為配方裡有點緝獲走私的南雄菸葉，煙味清醇馥潤，把臺產香煙帶入了一段新的里程。同時走私來臺的外煙（大陸產品）來源枯竭，向來抽外煙的人，於是有一部分人就改抽小華光啦。不到一年時間，海軍方面因為空軍有八一四香煙，於是委託公賣局代製一種香煙叫大華光，原則上是要採取美式（因為臺灣菸廠出品捲煙一律採用英式），煙絲、煙枝都比小華光粗壯，配方方面也加了部分美式香料，雖然夠不上說是純美式香煙，但可以說是差近似之。包裝圖案，因為小華光是請上海專家設計的，顧客們口碑不錯，因之大華光的包裝圖案也委託上海方面設計。後來大華光香煙除了供應海軍吸用外，並且也在市面行銷，煙味醇厚芳洌，所以老槍階級頗表歡迎。

大華光的包裝設計一切都是仿照絞盤牌（上海俗稱白錫包），因此引起當年省議會大炮議員郭國基講話了，他認為省產香煙何以沒有中國字。其實「大華光」字樣是印在包裝底部，不過在包裝正反面來看不容易發覺罷了。當時行政院工業委員會主任委員是尹仲容先生，有一次在會議席上談到省產香煙問題。他認為大家既然愛抽舶來品香煙，我們自己製造的香煙也應當盡量模仿西化，爭取銷路。他的朋友在上海有一家華比公司出品一種五十枝裝聽頭克雷斯香煙，因為包裝上沒有一個中國字，同時克雷斯牌名又像洋煙，所以有若干人抽了很久時間的克雷斯，始終認為是舶來品香煙呢。說話中間，會議桌上恰巧放著一包大華光，他拿著這包煙說，我們何不仿照絞盤牌出個牌子呢。尹是不抽煙的，所以把大華光誤為絞盤牌，可見大華光的圖案設計是相當逼真，可以魚目混珠的。

臺灣出產的香煙是不能隨便調整價格的。三十年來正式調整煙價，可能不到十次，可是原料、材料有一部分是進口物資，在當時物價日新月異之下，出了一個新牌子「雙喜」，把大、小華光由減產而停製，使得吸煙大眾轉移胃口，漸漸習慣改抽雙喜。同時又出了一種低級煙叫光華，包裝圖案也都非常大方悅目，本來打算取代樂園的，可是抽樂園的顧客年深日久，已經成了習慣，一時扭轉不來，所以光華牌煙出品大概只有三幾個月，因為銷路欠佳就停製了。

到了民國四十一年，松山菸廠開始製造聽裝寶島香煙，能在罐子裡蘊藏一段時間。自然比二十枝紙包裝的來得醇和甘潤，可惜當時包裝紙用的是藕荷色，太陽一晒立刻褪色，變成灰不灰、粉不粉的顏色。據印刷界有資格人說，粉紅、淡綠、藕荷、淺藍等嬌嫩顏色都禁不起風吹日晒，一遇強光，非常容易褪色。所以世界上捲煙牌名圖案設計專家，誰都避免採用以上幾種顏色。至於從前大英菸公司出品的大小紅錫包（**北方叫大小粉包**），採用粉紅底紙墨綠圖式，是因為他用的粉紅色包裝紙是特別製品，紙漿裡就先加上粉紅顏色，並不是白紙加色，所以不怕風吹日晒。當時上海有人看紅錫包銷路好，一動腦筋，立刻做了一批冒牌紅錫包。因為包裝紙仿造不來，太陽一晒立刻脫色，不等人家抓私煙，自己就自動收回了。至於臺灣的五十枝聽裝寶島牌因為煙味柔和適口，沒有收回停製，可是後來漸漸加濾嘴，改為二十枝裝金色圖案啦！

從民國四十年起，公賣局每年總統華誕都出一批特製的壽煙用申祝頌，壽煙的圖案當然是以祝壽為題，歷年所用包裝紙多少年來始終採用黃色，因為黃色除了表示莊敬外，同時不管如何風吹日晒，黃色總是萬古常新，神采奕奕，歷久不褪的。

此後公賣局有了黃不褪色的經驗，出了一種過濾嘴長壽牌香煙，這個牌子行銷到現在差不多有二十多年，已經成了香煙中主要產品。無論從品質、包裝哪一方面來講，都算是夠標準的，尤其日本友人更為讚賞。可是依舊有人批評，香煙是寓禁於徵的，賜名「長壽」，還是不妥。由此可見香煙起個牌名既要大方，又要得體，還要顧慮周詳，確實不簡單呢。長壽牌香煙是臺灣第一個正式使用過濾嘴的，但偏偏用了一個白顏色的濾嘴。在歐美捲煙製造業，似乎有個不成文的規定，一般情形大概薄荷煙才用白色濾嘴。好像除了日本出品的七星牌香煙不是薄荷煙而使用白色濾嘴外，只有長壽牌香煙跟它是無獨有偶的難兄難弟。使用白色濾嘴也不要緊，可是接頭地方既無顯明指線，而長壽煙的鋼印又是淡金粉的標誌。因此抽煙的人只要事情一忙，或是跟人說話一不留神，就把香煙給點倒了，我想凡是抽煙的朋友都有過這種經驗。雖然一枝香煙所費無幾，在那一剎那間，每個人都會產生莫名的氣惱。經過輿論的指摘，公賣局倒是從善如流，立刻把白色濾嘴改成黃色。想不到有一部分主顧對改了濾嘴，又疑神疑鬼，心理上總覺得煙的品質可能降低啦。公賣局在無可奈何情形之下，只好又把長壽濾嘴改回白色，一場小小風波才算結束。

後來公賣局又陸續出了玉山牌薄荷煙，雖然涼味容易消失，可是比最早出的薄荷煙綠島要進步多了。此後模仿美式煙出一個金鼎牌，因為當時美國煙充斥市面，省產煙與洋煙價格相差有限，大家崇尚洋煙而非輕視省產，所以美式的金鼎牌也只好偃旗息鼓，無疾而終。同時又出產了一種金絲小雪茄，不但色、香均屬上乘，而且清醇味永，不輸洋煙。可惜曲高和寡，除了部分外來觀光客對它評價甚高，認為是一種夠得上國際水準的煙類，交相讚譽，國人真正抽金絲雪茄的反而寥寥無幾。一個煙牌子能不能打開市面，有人說煙類能不能大量暢銷，有一半要靠運氣，這種說法似乎也不無道理。

最後再談到總統牌香煙。這個牌子的煙，不但香味柔和雋永，就是煙枝捲的鬆緊也大有進步，已經沒有煙吸兩口就吸不動的毛病了。不過談到牌名，用「總統牌」三個字，似乎古往今來在把「牌」字也做了牌名的，可能總統牌要算獨一份兒呢。據在下猜想，單用「總統」二字，買賣雙方說起來諸多不便，因此加上一個「牌」字，以示有別吧。

電視上最近廣播過，又有一種新牌子叫「紅金龍」的不久即將問世。看畫面跟黑貓牌圖案極為相近，這可是我們癮君子的一大福音。我們希望這個牌子香煙的長度，不必採用超長的尺度，可是總要能符合國際標準尺度才好，不知辦得到辦不到。

幽默大師林語堂生前是位嘴不離斗，香煙、雪茄樣樣都來的老槍。他說：「抽香煙不時端詳煙捲上的鋼印，抽呂宋老惦記瞧瞧煙環，抽煙斗的隨時弄自己的煙斗，那都是真正懂得欣賞煙的行家。」

當年美國最出名的銀行家老摩根，大家都叫他香煙大王，並不是他開捲煙廠，而是他抽香煙最內行，他也說道：「香煙品質的優劣，不必點燃來吸，只要一看鋼印就可以知道八九了，因為高級煙的鋼印，必定精細、典雅、工整、大方。中下級煙的鋼印自然就比較粗野些了。」由此看來，煙枝鋼印的精粗，對於香煙等級品質，都是分等列級的。

以筆者吸過的香煙來說，煙枝鋼印英式香煙大都較考究，美式香煙的鋼印比較草率。例如駱駝牌香煙鋼印就是說花不花，說正不正，用五個英文字母排成半圓形一圍，實在不能引起吸煙人絲毫的美感，可以說鋼印中最拙劣的設計。至於加力克鋼印採用金字塔獅身人面，而且用金、藍兩色彩印，既令人醒眼，又精細大方，可以說鋼印中傑出的作品。此外白政府牌的工整大方，小五華的紋理分明，三五牌的素雅秀逸，都是不可多得的佳構。可惜那些牌子香煙已成陳跡，只有三五香煙臺灣尚有進口。雖然三五這幾個字已經由金紅色改為藍色雙鉤，可是典型尚存，吸者在吞吐之餘，還可據以回想當初其華貴靈秀的風範。

談到臺灣出品捲煙的鋼印，以香蕉來說吧，在煙枝正中用正楷印出香蕉英文字母，下印製造廠名，是模仿小三炮臺方式排列，倒也乾淨大方。等到「新樂園」問世，正是臺中、豐原一帶私煙、假煙烏煙瘴氣，到處猖獗的時候。所以新樂園鋼印是請人寫好「新樂園」三個草字，然後照樣刻鐫的，因為寫的字有筆鋒，別人仿造困難，真偽立辨。所以後來的金馬牌香煙是請于右老大筆揮就，然後縮小刻製，那真是天馬行空，深厚雄健。任顯群先生曾經說過，他抽煙只抽新樂園跟金馬，因為這兩個牌子貨真價實，沒有冒牌貨，可以放心的抽。

大、小華光的鋼印都是請上海名家刻鑄，精巧細膩之外，鋼印上都有特別暗記，是真是假，不必假手顯微鏡，一望而知。等出了雙喜煙，綠色包裝紙在顏色方面已非上乘，所謂雙喜的兩隻喜鵲，相對而立，又肥又短，說它是麻雀實在嫌肥，說它是鴿子又沒有那麼又尖又長的嘴，兩隻鳥彷彿雙喙喋喋，吵個不歇。有人說像是一對鬥鵪鶉，話雖近謔，可是越瞧越像。

包裝紙的圖案設計雖然欠佳，可是煙枝上的鋼印，紅線細圈，中印雙喜，在當時來說，倒也清新可喜。尤其結婚禮堂中，懸霓虹雙喜，兩相映照，皆大歡喜。凡是辦喜事的，總要買幾條雙喜煙來款客，使得禮堂喜氣洋洋，大家同喜。那一來不要緊，使得後來出品新牌子香煙如莒光、長壽等，全部採用圓圈方式，甚至把香蕉煙用了多年的鋼印，也改成圓形圖案，好像圓圈圖案成為自產捲煙鋼印的一種公式，什麼美感欣賞，全談不上了。我們希望公賣局再有新牌香煙問世，煙枝上的鋼印，可以動動腦筋，變變新花樣，讓人一新耳目，不要永遠在小圈子裡打轉。愚者一得，不知一般老槍以為如何。

後語　夏元瑜

前些日子，某報的記者先生來找我，問我喜鵲是什麼樣子的鳥兒？我一邊說著，一邊兒隨手畫了一隻喜鵲。他問完了就走了，我也沒去注意剛才我畫的那張「墨寶」下落何方。

沒想到過了幾天，一上午就遇見好幾位朋友問我喜鵲的問題，我真想不通今天喜鵲怎麼走了運。後來才知道該報登了一段雙喜煙的故事，而且把我那張墨寶也印了出來。可惜那位來訪的記者事先沒告訴我一聲，要把這張圖登出來。我要是早知道的話，要用枝毛筆好好兒的畫，也可在報上露一手老夫的花鳥畫兒，白白地錯過一個自我宣傳的機會，讓捧我的讀者先生們也看看老蓋仙除了嘴會吹之外，手也不含糊，能畫。想不到在今日畫壇之上竟然有這麼一位隱姓埋名的大畫家呢。可惜！可惜！我不是為我誤過了宣傳的機會，而是為諸位讀者誤過眼福可惜。

朋友中有一位先生是香煙專家，對於省內各種牌子的煙瞭若指掌。他已經細說了一遍省內煙牌子的來龍去脈，您已看完，必能得到一個有系統的印象。

至於雙喜煙上畫的是什麼，我是毫無成見。「喜」是歡喜之意，不一定非要喜鵲不可，兩隻就夠得上是「雙」，二鳥肥肥胖胖——足見生活的優裕——就夠得上「喜」。何必非要長尾巴的喜鵲不可呢？就算一定要用喜鵲，也不必非寫實不可。畢卡索畫些綠臉怪人，左邊長兩眼，右邊沒有眼，不也是大大的傑作嗎？為人在世，凡事都看開點，又何必樣樣那麼認真。

令人難忘的譚家菜

近幾十年來，川滇一帶講究吃成都黃敬臨的姑姑筵，湘鄂江浙各省爭誇譚廚，如果到了明清兩代帝都的北平，要不嘗嘗赫赫有名的譚家菜，總覺得意有未足，似乎覺得有點沒玩夠，缺點什麼似的。我提到譚家菜，一般老饕總喜歡把譚家菜跟譚廚兩者互相比較，其實兩者是似同實異，兩不相侔的。

譚廚是因為組庵先生尊人在廣東遊宦多年，所以調教出來的廚師，骨幹仍舊是羊城風味。不過組庵先生深恐老人齒脫胃弱，所以精研之餘，無論燒烤燉炒任何菜式，儘管腴潤濃厚，一切都以軟爛柔嫩為主，再加上湘菜固有的烹飪手法，於是形成馳譽大江南北譚廚獨特的風格啦。

至於譚家菜，在民國初年，知者尚不甚多，到了曹錕賄選，登上總統寶座，八百羅漢整天花天酒地，飲食徵逐，講求割烹之道，偶然有人發現譚家菜頗得調羹之妙，再加好事者起鬨，於是譚家菜由馳譽公卿之間，名滿京都矣。

譚家菜的主人譚祖任號篆青，乃祖玉生是道光年間舉人，乃父叔裕是同治年間進士、翰林院編修。他本人是光緒末年的拔貢，地地道道是簪纓世家、書香門第。譚不但古文、駢文都能，詩詞更是風骨放蕩，清勁冷豔。同時精於賞鑑，庋藏的古玩字畫也頗有幾件珍品。

民國初年，譚在財政部給李思浩總長司筆札，當了幾年機要秘書。北伐後又到平綏路局擔任專門委員。他生長百粵，久客京華，宦途安穩，又都幹的是些筆墨閒差，有錢有閒，因此朵頤福厚。在飲饌方面，能夠下點工夫，竊搜冥想，由約而博，由細而精，摔豕燔黍，蒸鳧炙鳩，而使譚家菜傳遍邇遐，甚至國際美食專家真有遠涉重洋到北平一嘗異味的呢！

譚篆青最初是用廚師的，他的廚子是在楊士驤家擔任小廚的陶三。陶在楊家為了點小事拿翹離開楊家，經由當時財政部次長朱耀東的推介，來到譚家司廚。陶三既是出身講究割烹飲食之道的楊家，當然手藝不同凡響，譚篆青食而甘之，不能須臾離陶。可是陶的脾氣戛古，不能不時刻提防，生怕好景難長，無以為繼。所以就讓他的如夫人（**後來大家官稱的阿姨**），天天下廚房，名為給陶三打下手，實際是想藉機會偷學幾手絕活兒。陶三知道阿姨用心所在，自然不肯痛痛快快說個明白，凡事都要留點偷手。就是這樣藏頭露尾，譚篆青愛吃陶三所做的幾樣拿手菜，阿姨也就陸續偷學了十之八九。

譚篆青有位姐姐，他們是祖字輩，名叫祖佩，于歸陳公睦。公睦是嶺南大儒陳澧（蘭甫）先生的文孫，也就是現任駐梵蒂岡教廷大使陳之邁的尊人。陳府是鼎食之家，公睦對割烹之道，素具心得，加上夫人又是一位女易牙，陳府的菜自然也就卓然成家了。譚篆青饕餮成性，有此良師，焉能放過。於是又讓自己如夫人帶藝投師，拜在姐姐門下細心學習。因此譚的如夫人，一人身兼嶺南、淮揚兩地調羹之妙了。後來陶三終於讓中國銀行用重金挖走，於是由阿姨獨挑大樑，正式親主庖廚，就是後來大家交口稱譽的譚家菜。若是追本溯源，譚家菜底子是淮揚菜，並傳嶺南陳氏法乳，去其濃腴，易為清醇而集大成的。

筆者第一次吃譚家菜是在民國十五年的秋天。光緒十五年己丑正科榜眼江西李盛鐸，跟先伯祖文貞公是會試同年，有一天由李發起大家在北平舊部奉天會館，給馮（煦）夢華太世丈桃觴祝壽。由倫貝子、侗五爺任戲提調四大名旦，小樓、叔岩個個粉墨登場，特別卯上，侯俊山、田桂鳳也都重做馮婦，爨演拿手好戲。

木齋太世丈帶我先到奉天館聽戲，晚間吃譚家菜給夏壽田前輩返湘餞行。當時筆者尚在中學讀書，一邊吃一邊還惦記奉天會館楊小樓的《安天會》偷桃盜丹的身段。同時酒席筵前都是些有科名的翰林前輩，所談的人物故事有聽懂、還有聽不懂的，所以只有低頭悶聲吃菜，盼著早點散席，再回奉天會館，聽田桂鳳、余叔岩的《戰宛城》。

好不容易大家興盡散席，於是又坐李木老的馬車回座聽戲。路上木老問我譚家菜的味道如何，當時在我是聽戲重於飲饌，那一餐飯真是豬八戒吃人參果，囫圇吞下。對這一餐酒席，只有香噴噴、油潤潤、紅暾暾印象而已。哪裡還說得上哪一道菜的好壞。

到了民國十七、八年，譚篆青玩日愒月、花光酒氣的生活再也支撐不住，於是把西單牌樓機織衛住宅，布置了兩間雅室，由其如夫人親主庖廚。名義是家廚別宴，把易牙難傳的美味公諸同好，其實藉此沾潤，貼補點生活費倒是真的。當時春華樓、東興樓的燕翅不過十六元一席，而他府上的譚家菜常客至少也要八十元一桌，生客那就非百元莫辦了，同時真正出錢的主人只能約請八位貴賓，還要留一席給主人入座。

最初譚氏窺知賓主都非俗客的時候，他也欣然陪座。等到酒酣耳熱，逸興遄飛，遇到談得來的雅客，他會把窖藏的羊城雙蒸供客品嘗。或是醉飽之餘，用精美的茶具，捧出大紅袍、鐵觀音之類茗茶款客，烹煎翠影，沁入心脾，大家連啜怡然，算是這一餐的額外收穫。

有一年舍親李木公斐君昆季，從上海到北平來搜羅古玩字畫，合肥蒯若木丈請吃譚家菜，並且請了大詞章家桐城馬其昶通伯、陳散原父子、畫家湖社金北樓，筆者自然也忝陪末座。蒯老為人風趣豪放，同時預留兩座，除了譚篆青外，並且也請他如夫人一同入席。凡是假座譚府宴客的，從來沒有給他那位阿姨留座入席的，蒯老這手算是創舉。木公對古董的鑑賞能力，那是中外知名的，馬通老、散原先生的詩古文詞，以及金北樓的畫，都是譚公仰慕已久的前輩大儒，阿姨這次又有這樣的風光十足的面子，這一席菜自然是刻意求工，珍錯悉出，在座的諸公自然也都覺得朵頤多福、飽飫珍饌了。

烹調高手、美食大師張大千說過，譚家菜的紅燒鮑脯、白切油雞為中國美食中極品。他的品評可以說允執厥中，一點也不浮誇溢美。譚家菜每桌酒席都少不得有紅燒鮑脯或紅燜鮑翅。香而且醇、腴而不膩的鮑翅，在下倒是吃過很多出自名庖家廚的精品，可是像譚府的紅燒鮑脯那樣滑軟鮮嫩，吃鮑魚邊裡如啖蜂窩豆腐，吃鮑魚圓心嫩似溶漿、晶瑩凝脂色同琥珀一樣，別處從未吃過。大千先生說是極品，在下認為簡直是神品啦。

譚府所用鮑魚，據說都是從廣州整批選購來的，過大過小都要剔除，鮑脯發足後，要跟小湯碗一般大小才能入選。首先把新的細羊肚手巾，在原汁雞湯煮透待涼。然後用手巾把發好的鮑魚，分隻包緊，放在文火上慢慢烤嫩，接近收乾。這時鮑魚肌裡纖維全部放鬆，自然鮮滑浥潤，不勞尊齒加以咀嚼，自然柔溶欲化啦。

至於一味白切雞，做起來更麻煩，首先雞要從小油雞養起（當年雖然沒有洋雞、土雞之分，可是講究吃雞，要用腿上有毛的油雞才能肉嫩湯鮮），不但要用特別飼料，聽說還要餵酒糟、餵草蟲，雞肉才能鮮美活嫩。雞齡以十六個月到十八個月才算適齡，雞的胸頸間有一塊「人」字骨，摸上去軟而有彈性，就恰到好處了。「人」字骨一硬，肉就發柴，只能吊湯而不適於做白切雞啦。大千先生說白切雞是滾水裡燙熟的。當年東興樓糟燴鴨條的鴨肉，就是開水裡燙熟的，凡是雞鴨要求其滑嫩都採用這個法子，倒不是譚家菜獨有的手法。

篆青先生後來在平綏鐵路任職，跟舍親李家麟兄同屋辦公。兩人都愛聽楊小樓、捧劉全寶，嗜好相同，自然漸成莫逆。家麟兄家住上海，隻身在北平，所以就常來我家吃喝消遣。有一次他跟我說，譚家菜的酒席你吃的次數太多了，可是譚家的便飯菜，你一定沒吃過，改天我請你到譚家吃家常菜。有一天約好到譚家晚飯，果然只有賓主三人，異常寧靜，適於聊天。平素去吃譚家菜，雖然也有幾次跟篆青先生同席，可是言笑交雜，觥籌交錯，未便細通款曲。這一次座無別客，傾談之下，譚公才知他的令親陳蘭甫前輩，曾經在舍間廣州寄廬的同聽秋聲館擔任西席，給先祖昆季傳經授業。陳府有幾樣北方口味的佳肴，還是從舍間學去的呢。既然有這一層淵源，當然越談越高興囉！

那一天大家講好只吃飯不喝酒，所以能夠細細品嘗一番。

第一個菜是薑芽口蘑丁炒虎爪筍，雖然是一道素菜，可是也夠講究的。在北平吃口蘑不算稀奇，可是用口蘑丁而且都跟算盤疙瘩一樣大小，那就要加工細選了。尤其是虎爪筍出在天目山，每隻長僅逾寸，孤螯獨聳，酷似虎爪。筍要發得恰到好處，炒出來筍肉才能如同玉脂初齏，清淡味永。

蟹黃扒芥蘭，這道菜別名碧綠珊瑚，是道道地地的廣東菜。蟹黃要用秋天熬的蟹膏，雖非陽澄毛蟹，也是勝芳頂蓋黃，所以不論什麼季節都是膏滿脂肥。加上芥蘭只取嫩尖，配合適當的火工自然是飛紅染綠，色香誘人，入口鮮沁。

有一味菜是濃燜鴨掌，嶺南廚師都會在鳳足鴨掌上動花樣，所以菜式也比別省為多。凡是配菜有多餘的雞腳鴨掌，洗淨去膜，都泡在高粱酒裡。泡過三幾個月，雞腳鴨掌都泡得像乳嬰幼指，茁壯肥嫩，用白湯加調味料紅燒，汁濃味正，腴不膩人，真是一道宜飯、宜酒的美肴。

還有一個豆豉肉餅蒸曹白鹹魚，這個菜在廣東一般人家，算是極為普遍的下飯菜，可是經過譚家阿姨烹調出來，就與眾不同。先說豆豉是自己晒製，有蒜蓉，有辣椒，用薑汁而不用薑末，豆豉先高人一等。曹白鹹魚，當年在廣州、港九雖然到處有售，可是曹白魚真少假多，不是真正識貨行家，時常買到假曹白，或是醃的時間過久的曹白魚，那味道就差多了。篆青先生對曹白魚特別有研究，他說豆豉蒸鹹魚，豆豉固然要好，可是刀工尤其重要。曹白魚要切成寸半見方，才能蒸得透，豆豉入味，可是刀工不佳，把冗刺切斷，一邊吃魚一邊還要防著短刺卡喉，那就太殺風景了。他家的豆豉蒸曹白，真的是間或發現有長刺，可是絕對沒有短刺、斷刺，可以放心大嚼。

最後的湯用雞酒，也是廣東人常吃的，可是湯的清醇，酒味濃淡就大有講究啦！那天雞酒裡還加牛脊髓，雞酒不稀奇，加上牛脊髓，就沒有吃過，顯得別致了。譚公說雞酒燉牛脊髓可以益元補腦，中氣不足的人吃了幫助很大。

譚府這四菜一湯，除了濃燜鴨掌腴滑厚重不像廣東菜，其他湯菜幾乎完全是嶺南風味。最後上了一籠湯包，湯包抓起來像隻口袋，放在磁碟裡除了滑香適口的滷汁外，只剩兩層皮，妙在湯不膩喉，麵不滯牙，的確深得淮城湯包的真傳。比起玉華台的湯包，只有過之而無不及。這籠包子算是淮揚口味了。

家麟兄在譚公面前大概不時替我吹噓，說我善啖好吃，這一餐中饋之賜，必定是譚家阿姨精心之作。譚家菜的杏仁白肺、蜜汁叉燒、清蒸瑤柱、茄子煮魚、蠔豉鴿鬆、鳳翼穿雲（雞翼去骨夾一片火腿）、鍋炸雞腰，雖然都是譚家菜的精華，可是那一餐家常飯菜，事隔四十多年，醰醰之味，永留舌尖。

抗戰勝利，回到北平，本想重遊敘舊，可是聽說譚公龍光早奄，而他那位阿姨也蓮駕西歸了。當時不知什麼人打著譚家菜的招牌在做，生意鼎盛，中晚都是車馬盈門的，反而要吃譚家菜倒不必經過熟人介紹，可以逕往點菜。不過要排定日期，往往三五天後才能輪到。何人主廚，手藝如何，姑且不談，往昔情調全無，想來想去還是卻步回車，對譚家菜留個永遠懷念的好印象吧！

續「酪」

說到「酪」，凡是五十歲以上的北平人，大概沒有不愛喝酪的。三五位北平老鄉湊在一塊聊天，誰要一提奶酪，大家都會情不自禁饞涎欲滴。

酪分水酪、乾酪兩種，都是以牛奶為主體，所以又叫奶酪。水酪顏色泛白，濃度略差，比玻璃涼粉細嫩而香，乾酪甘沁凝脂微帶乳黃，隱含糟香。

酪有挑著木桶沿街吆喝叫賣的，也有在奶茶鋪賣的。北平城裡、城外奶茶鋪不到二十家，可全部都賣酪。這些鋪子名為奶茶鋪，實際是以賣酪為主，可是不叫酪鋪而叫奶茶鋪。這種鋪子您進去除了喝酪，來碗熱奶子則可，要是跟他要份奶茶，他可就抓瞎沒轍啦。奶茶鋪為了招徠顧客，有的在鋪子門口豎上一塊木頭板，用粉紅紙寫個斗大的「酪」字貼上。有的寫幾張「大碗乾酪」的紅綠紙條，斜貼在臨街的玻璃窗上，就算是他們的宣傳廣告啦。

當年北平有位人稱「北平通」的金受申先生，是蒙古族人，在北平落籍多年，他對北平的風土人情、文物掌故，可以說是無所不知、無所不曉。他說，元朝原是游牧民族起家，最講究喝濃而且釅的奶茶。茶磚加牛奶酥油撒上點鹽，就是最原始的奶茶。後來時代進化演變，才有我們現在所喝的酪。所以賣酪的仍舊叫奶茶鋪，就是這個道理。

聽老一輩兒人說，大概是元朝開國不久的大德年間，有兩位情同手足的護國將軍，打算退休辭朝，皇帝問他們要點什麼賞賜，他們兩位誰也說不出所以然來。皇帝知道他們自幼都是蒙古草原牧放牛羊出身，於是每人賞了五十條精壯乳牛，准他們在大都附近覓地經營。哥倆是出生入死患難之交，於是一位在東城靠近東四牌樓開了家奶茶鋪叫「二合義」，一位在西四開了一家奶茶鋪叫「二合順」，所以後來北平城裡、城外繁衍到二十多家奶茶鋪。凡是字號叫二合什麼的都是他們哥倆的後人開的。北平城裡通衢大道，無論鋪戶住家，都是絕對禁止大量飼養牲畜的，可是二合義、二合順後櫃院裡都有一座不算太小的牛圈，雖然臭氣四溢，可就沒人干涉。老輩人說的話，或許真有其事呢！

到了民國二十年前後，冰淇淋、冰點心、冰棍兒在北平大行其道，奶酪酸梅湯日漸式微，可是賣酪的奶茶鋪還有十來家。二合義、二合順還有西長安街的二合軒都是專賣大碗乾酪的，西華門裡香蕾軒是專賣水酪的奶茶鋪。門框胡同後來也開了一家奶茶鋪，因胡同窄小只能走行人，不能通車輛，是凡經過奶茶鋪，都想進去喝碗酪，落落汗、歇歇腳，人同此心，顧客一多，買賣可就越做越興旺啦。有一種帶果仁的乾酪，別家要帶果仁的奶酪，不一定準有，可是門框胡同要喝帶果仁的酪，那是隨時供應。他家另有一種特製的松子仁、白葡萄乾的酪，鵝黃襯玉，芳甜滑爽，可以說是奶類小吃中的逸品。

言菊朋生前最喜歡說笑話，他說喝完松子仁的酪，彷彿自己平添幾分仙氣，到了臺上胡琴高半個調門，都卯得上去。雖然是一句笑談，可是足證松子酪多麼能鼓舞人的情緒了。

奶茶鋪後起之秀，得屬東安市場裡的豐盛公。因為他家天天有外賓光顧，所以不但衛生方面特別注意，除了奶酪之外，奶類小吃花樣還真多。鴛鴦奶捲一邊是山楂糕，一邊是白糖芝麻麵兒，白肌紅裡，既好看又好吃。奶烏他冷玉凝脂，色分黃白粉碧，金漿玉醴，入口即融。他家每天要烤二三十斤酪乾兒，早餐就麵包吃，那比鮮果醬、鹹起士又高明多了。

來到臺灣之後，只有二十多年前在中華路看到過有一家一間門面兒的冷飲店賣酪，我曾經一口氣喝了三碗，味兒、樣子都差不離兒，可以打九十分，就是似酒非酒、似糟非糟的香還嫌不夠。過了不久，冷飲店收歇，想喝那樣慰情聊勝於無的酪也沒處喝了。

今年春節，在臺北國賓飯店跟梁實秋伉儷同席，談到北平小吃，大家又談起酪來。才知道中華路那一份酪是齊如老令媳黃媛姍女士做的，怪不得風味不錯，引人一喝還想再喝的興趣呢！梁先生說，他在美國研究出一種西法做的酪，又方便又簡單，可以媲美北平的奶酪。可惜當時匆忙，沒問梁先生用什麼作料，怎樣做法，事後想來非常後悔。

四月二十一日梁先生在萬象版發表了一篇文章叫〈酪〉，把做酪的方法公諸同好。先把凝乳片溶化加在牛奶裡，酌加白糖、香料，加溫冷卻放進冰箱，一刻鐘就可以拿出待客啦，那的確簡易可行。筆者近期頗想先行試做一番，如果成績不錯，打算多做一點，招待同好喝個痛快。

另外梁先生文內提到挑桶下街賣酪的，懷裡都揣著一副籤筒子，跟客抽籤兒。據我所知，這種耍兒輸贏挺大，花樣分抽牌九、比大點、真假五兒總總名堂。他們在牆角邊、樹蔭下、大門道裡，隨時隨地都可以抽籤，從來沒聽說有警察抓過。賣酪的說得好，穿大街過小巷警察老爺們睜一眼閉一眼，俺們賣酪的不就過去了嗎。

有一次筆者跟警察局內二區署長殷煥然談到沿街叫賣小販帶籤筒子事，殷說，北平城裡帶籤筒子小販，除了賣酪的，還有賣燙麵餃的、賣冰糖葫蘆的、賣燒雞的都是帶籤筒子的。警察碰上就抓，內二區每天都要抓個三兩檔子，可是就沒有抓到過賣酪的，據說賣酪的帶籤筒向例不抓，大家相沿成習，究竟是什麼原因，他也摸不清是怎麼檔子事。因為梁先生提起賣酪的帶籤筒子，所以筆者把這件事寫出來，也算是有關的一點小掌故吧！

脆鱔、干絲

口之於味，是隨時有變動的，拿三十年前剛光復的臺北來說吧，首先是廣州菜大行其道，四川菜隨後跟進，陝西的牛肉泡饃居然也插上一腳，湖南菜鬧騰一陣之後，雲南的大薄片、湖北的珍珠丸子、福州的紅糟海鮮都曾經煊赫一時。大家吃多了湯湯水水的清淡菜後，又想換換口味吃點膏腴肥濃的擋口菜，於是江浙館又乘時而起。最近我去臺北，發覺大家吃的目標好似又指向揚鎮一帶的吃食了。現在臺北雖然陸續開設了不少淮揚飯館，可是吃起來，多少總有點似是而非的感覺。

鎮江雖然地處江南，可是鎮江人的風土人情、飲食習慣，不同於蘇崑常錫，反而跟隔江的揚州似乎比較接近。以早上茶館來個皮包水，燈晚泡澡堂鬧個水包皮，揚鎮兩地是完全一樣的。

現在臺灣大概是物稀為貴的關係，一客炒鱔糊，軟兜帶粉，價錢實在出乎人想像之外。當年揚鎮一帶吃早茶叫一客脆鱔，堪稱物美價廉。魚一端上來，堂倌用草紙合起來雙手一壓，拿來下酒，真是迸焦酥脆、鹹淡適口。不像現在臺灣淮揚館的脆鱔炒好出鍋，還要加上一勺蜜汁，變成膩而不爽，原味不彰了。

揚鎮一帶最講究吃干絲，十來歲的孩子們到麵茶館當學徒，第一件事是學切薑絲、干絲，等練到切出來的薑絲、干絲長短整齊劃一，細而且長才算及格。干絲吃法分拌干絲（**揚鎮叫燙個干子**）、煮干絲兩種，如果是熟不拘禮、天天見面、不分彼此的熟朋友一塊進茶館，多半是拌個干絲算了。倘若是請比較場面的朋友去吃茶，主人為了表示誠敬，一定說煮個干子。客人總要讓請主人不必客氣，還是燙個干絲吧！這是賓主一種禮讓的客套。

天天上茶館的熟客都是認地方的，不會每天換的。因此堂倌跟茶客都熟極了，一看某爺今日請的客人是生臉色，干絲往上一端，背後還端一小碗三合油，再往干絲上一澆，表示跟請客的主人吃得開，跟櫃上有交情，多加作料就是替主人家做面子啦。

談到吃燙干絲，主要的是澆頭。講到澆頭花式可多了，什麼火腿澆，雞絲澆，筍絲澆，差不多下河各處茶館個個都有拿手。其中筆者最欣賞的是雞皮澆，專挑薄而不掛肥油的雞皮來做，芳而不濡，腴而不膩。揚州富春花的雞皮干絲算是絕了。至於脆鱔澆以筆者吃過的來說，那要算泰州的一枝春首屈一指。叫一份過橋脆鱔，一半拿來下酒，剩下的拌干絲，等餃麵點心吃完，鱔魚依舊酥鬆爽脆，一點不軟不皮。揚州金魁園也是以脆鱔出名的，可是對一枝春的脆鱔歷久仍酥，也是自愧不如。雖然派人專程到泰縣一枝春去偷學，可是炸出來的脆鱔，始終鬆脆有所不如。有人說泰縣的鱔魚（又叫長魚）特別肥嫩，肉緊而細，所以炸透後又酥又脆，不易皮軟，這理由是否正確，就不得而知了。不過在泰縣吃脆鱔拌干絲，比別處好吃確實是不爭的事實。

天燈棒

臺北的淮陽飯館都賣肴肉，有的切得大而且厚，有的又切得小而且薄，肉的軟硬程度也不劃一。揚、鎮兩地雖然吃早茶都少不得要幾塊肴肉吃，可是鎮江肴肉確又比揚州高出一籌。

吃肴肉一定要蘸高粱米醋、細薑絲，恰好鎮江醋鮮而不酸是舉國聞名的，所以鎮江肴肉因為有好醋襯托，更顯得卓爾不凡了。肴肉是用手工壓製出來的，所以要肥要瘦可以隨心所欲。揚鎮麵館做肴肉大師傅的工錢是特別高的，尤其是鎮江的麵館，白案子的麵點好不好還在其次，如果肴肉做得不夠精緻，那就沒有客人上門啦。

揚鎮肴肉的名堂，跟北平涮羊肉的名堂一樣，非常之多。有一種偏瘦的肴肉叫眼鏡，切出來真是一個肉圈一個肉圈的，不但好吃，而且好看。要吃不肥不瘦有一種玉帶鉤，整塊肴肉中間嵌有一條S型的瘦肉，就像從前繫腰帶的帶鉤。最特別是一種純粹瘦肉核兒，中間插上一根雞腿骨，這叫天燈棒兒。

有一年筆者路過鎮江，家母舅曾讓一位曹穎生科長陪我到萬花樓吃早茶。結果一盤肴肉放了五隻天燈棒兒，落坐不久，就有頭戴卡波帽、身穿華達呢大衣的人物，三三兩兩陸續走過來寒暄敬茶。起初我覺得這位曹君真了不起，交遊真是太廣闊了，後來走過來寒暄的人越來越多，簡直迄無寧止，弄得我不勝其煩。恰好碰到當時商會會長陸小波、藥界公會負責人潘頌平也來吃茶，於是借詞溜到他們茶桌暫避煩囂。

據陸小波說：「在茶館叫肴肉，上隻天燈棒就表示來客不是凡夫俗子。三隻天燈棒兒那就是有行情的人物啦。你們桌上有五隻天燈棒兒，表示有外地大亨到了。那位曹君大概是擺點譜兒給你瞧瞧，所以上了五隻天燈棒兒，我跟潘頌平每人再送一隻天燈棒兒到你桌上湊湊熱鬧如何？」他們這一說，我才明白吃肴肉上天燈棒兒是有講究的，咱既然不是長安貴客，趕緊遜謝不遑。

有了這次經驗，此後在里下河一帶上茶館吃早茶，第一件事是叫肴肉免上天燈棒兒，否則當地有頭有臉的朋友一擺場，那頓早茶可就全攪和啦。吃個肴肉都有那麼多講究，咱們中國是禮義之邦，真是一點也不錯。

嘉慶洗三盆

前年，臺北外雙溪故宮博物院清點大庫，整理出一隻雕龍鏤花的白銅澡盆。據說是道光年間給咸豐皇帝落生後「洗三」用的特殊御用品。

依照清朝宮廷則例，無論后、妃，每月都要由太醫院御醫進宮請平安脈一次。一經發現了有喜脈，立刻由敬事房奏報後，發下傳牌，通知丹臣家（后妃母家叫丹臣家），立刻遴選幹練妥當女眷進宮招呼待產。丹臣家就要陸續準備初生嬰兒用的冠裳鞋襪、衾枕被褥啦。因為將來所生，是男是女，此刻尚在未知之數，所以男孩、女孩用的，都要各準備一套聽用。

清朝定制，是不冊立太子的，如果所生是位龍子，將來就有繼承大統的可能。因此后、妃懷孕全都渴望生的是位龍子，母以子貴，將來就有母儀天下的指望了。準備嬰孩衣裳用具，雖然是男用、女用各一份，可是在嬰兒誕生之前，只把男用的一份陳列出來催生，女用的一份則暫時收藏。如果生的真是龍女，才臨時拿出來應用呢。

皇家禮儀跟民間也是大同小異，皇家洗三所用的器物，反而是由丹臣家備辦，最主要的是圍盆所用絲巾和攪盆用的扁方（簪子）。有人藏有兩條圍盆絲巾，那真是紅羅綈繡，綠褓薰香。至於攪水的扁方，更是玉瑠瑤光，琦瑋煥彩，簪頭上鑄滿了福祿禎祥、光明盛昌一類吉祥祝詞。這些絲巾、簪子，不管怎樣星編珠聚、金鈿瓊琚、巴結皇家，可是等洗三典禮告成，就都成了穩婆的酬勞品啦。（民國初年北平有個名叫「荷包滿」的老婦人，經常在旗族各大宅門走動，賣繡貨，穿珠花，據說她家是世代相傳，從明朝中葉就專門供應內廷洗兒所用彩巾、長簪一類東西，如果丹臣家對於洗兒一套幹辦不來，全盤交給「荷包滿」來辦，那是絕對不會有誤漏失儀的。）

至於洗兒用的香湯，講究可更大啦。除了《東京夢華錄》所說，洗兒時各式染色喜果，用金銀紙圍繞後還要用紅絲紮裹成雙外，更要把染色紅蛋、板栗、花生、紅棗，用來添盆。香湯則是由御藥房備辦，大半是以雄黃、犀角、艾絨、七厘散、紫雪丹一類藥材配合進呈，功能消毒、避疫、壓驚、祛風。到了洗三時候，那些香料都要一古腦兒倒在洗三盆裡，用準備好的金銀簪兒在水裡一陣攪和，然後才由宮中御用的老娘婆（俗稱穩婆）把嬰兒抱出來，正式舉行洗兒大典。

所謂洗三，其中也僅只是在頭頂心，沾點溫水拍拍，衣服也是半脫半裹，在前胸後心用溫水彩巾比劃比劃而已。這時候參加洗三大典的宮眷命婦，往前一圍，宮廷裡仍舊是用金銀小錠子、小如意、小元寶的，也有人用翡翠、珍珠、瑪瑙、古玉各種小玩藝來添盆的。據說盆裡放的東西越多，小孩就越發旺吉祥。照宮裡規矩，洗完三之後，除了玉飾珠寶之外，所有扔在盆兒裡的金銀首飾、元寶如意，照老例就全犒賞老娘婆啦。進宮祝賀人等，有知道內情的，凡是送指環、手鐲、鎖片、頸圈、八仙人兒的，說完吉祥話兒，就把飾品給嬰孩戴上、掛上，不往盆裡扔，那位老娘婆（又叫吉祥姥姥）就什麼也撈不著了。

筆者當年在北平，聽過曾在清宮充當首領太監姓穆的、大家叫他木頭皮兒的說：「內宮裡不論是阿哥、格格一落生，剪臍帶的時候，就同時洗淨身體，穿戴起來。因為產婦如果是當今皇帝寵愛的后妃，一聽內監跑來報喜，皇上可能迫不及待，趕去探視。雖然皇帝至尊，怕沖了血煞，不進產房，可是皇帝親臨，不管所生是龍子、龍女，都要抱出內寢，送請宸覽，焉能不洗臉淨身，打扮乾淨整齊，等候接駕呢。」

穆太監又說：「我是自幼淨身入宮的，小時候在北四所俺達們（太監們稱某太監為某俺達）住處學習當差，前輩的老太監閒來沒事就給我們說古。據傳說，自從宋朝發生了狸貓換太子故事後，後宮害怕故事重演，於是規定皇子一落生，埋藏小兒胞衣一律不經宮眷之手，這件工作就指定丹臣家人負責專責。妃嬪一到預產期，就由敬事房傳知丹臣家屬，指定專人準備隨時進宮應差，同時由內廷發給一面火印腰牌，一有臨盆現象，接到知會，立刻可以憑牌火速進宮，神武門的禁衛軍憑牌驗放，絕不阻攔。一則是娘家人在旁服侍生產，比較貼心可靠；二則是要監視收生婆不要暗地做些偷龍換鳳的手腳，更防範收生婆明的封貯龍衣（埋藏胞衣），暗地拿出宮禁把龍衣用大價錢賣給豪富人家。因為有些人認為天家龍衣摻入丹藥滋補力特強，所以有錢人不惜重金暗中收買。」

另外還有一個無稽傳說，大內靠近鍾粹宮的奉先殿後廈有一座小神龕，供的是送子菩薩，聽說自從明朝起，後宮妃嬪誕生龍子後，都去神龕還願。同治降生，慈禧產後因為體弱，沒去焚香謝神，觸怒神靈。同治崩逝，不單乏嗣繼承，而且咸豐一脈，也斷了宗祧，改由光緒入承大統。

宮裡太監大半識字不多，加上跼處宮禁，整天聽的都是些怪力亂神、荒誕不經之談，不過內廷特製御用的澡盆，自從咸豐、同治兩朝之後，就束諸高閣、庋藏內庫倒是實情。因為光緒、宣統一在太平湖醇王府降生，一在什剎海醇王府誕產的，都沒有用過這隻澡盆。

城南往事憶靈籤

去年歲末，《聯合報》萬象版登載臺北市內湖金龍寺，新添了一尊機器佛，求神問卜的人只要先在神佛前默訴心願，從機器上端投下一枚硬幣，立刻梵音清吐，有一張黃色指點迷津的籤卡，隨聲而降。至於所求神籤靈不靈，那要問求籤的本人啦！

不過筆者故友香港名星象家李栩厂曾經說：「八卦周易，命相測字，由古迄今，多則幾千年，少則幾百載，信之者說它是玄學，不信者說它是迷信。其實嚴格講起來，前者是精算統計，後者是觸機而發，並不是不可理解的。」由於求神問卜有了機器佛，讓我想起了當年北平城南遊藝園觀音座下的機器靈籤。

民國十年前後，北平市政當局因為前門一帶車多人擠，時常擠得水洩不通，於是在香廠左近開闢新社區。有位廣東姓彭的朋友，在金魚池北邊開了一座遊樂場，所以叫城南遊藝園。裡頭是京戲、雜耍、電影、文明戲、溜冰場等樣樣齊全。每個劇場外邊，除了售賣零食的攤販之外，一共設了三座求籤的機器，一座是濟公指迷，一座是呂祖神壇，還有一座是觀音靈籤。據說觀音靈籤是一位比丘尼發願，親往京西門頭溝齋堂紫竹禪林抄來的，其中有詩、有詞、有偈語，都是那位老尼免費印製的。說也奇怪，濟公佛壇、呂祖仙座之前，每天只是有人嘻嘻哈哈，半開玩笑求一支籤逗逗悶，可是到觀音座下求籤的，真是合十頂禮，默念默禱的。

久而久之，經理彭秀康也聽說這座觀音籤示，時有靈異。此時遊藝園營業鼎盛，日進斗金。有一天正是歲尾，劇場也都封箱，夜闌人靜，他忽然心血來潮，讓園裡司事陪同到觀音座前，很虔誠的求了一支籤，籤文是：「苦中有樂，樂中有苦，樂不敵苦，青雲止步。」當時彭的事業正在蓬勃發揚，如日將中，雖然籤上明示他及時歇手，他豈能就此罷手，也就淡然置之。轉到年正月初二，正是各遊樂場所的財神日，遊藝園每個場子都是人山人海，擠得滿坑滿谷。大約晚上十點多鐘，京劇場琴雪芳、秋送浮（後改名琴秋芳）的《寶蟾送酒》剛剛上場，忽然西邊樓角咔嚓一聲，西樓包廂忽然落架坍塌，偏偏有位在女中讀書的燕三小姐，坐在西樓下散座看戲，恰巧被落下樑柱壓住，當場不治，香消玉殞。

據說燕三小姐嫻淑向學，平素極少涉足遊樂場所，這次是到外祖母家拜年，被表姐妹們拉到城南遊藝園來玩而慘遭不幸的。據說她們一群午飯後進園，燕三小姐曾經拿了一支觀音靈籤，籤文是：「棋輸一著，去去還還，春殘花落，問離恨天。」學生對於問卜打卦是不相信的，可是新春新禧，總也覺得有點彆扭，不過，大家一陣嘻笑打趣也就忘了，想不到沒過幾個小時，真個瓦礫埋香，魂歸離恨啦。

此次坍樓事件，厝在園方，燕三小姐靈柩就停在京劇場舞臺正中，延請僧道，念經超度，停靈七七四十九天，才正式出殯安葬，城南遊藝園從此關門大吉。

那兩支籤都不幸而言中了，觸機乎？迷信乎？碰巧乎？見仁見智，那就非所敢知了。因為四五十年後，臺北內湖金龍寺又有了機器佛。前塵往事，凡是當年到過北平，逛過城南遊藝園的，多少還有點兒印象吧。

蛇年話蛇

代表紀年的生肖十二年一輪迴，也就是六十年一個甲子裡，每一生肖要輪制五次值年，說起來並不是什麼百年難遇的事。想不到這回丙辰龍年，不知哪位高明人士心血來潮，說是龍年生男是龍子，必定吉人天相，大富大貴；生女是龍女，金玉滿堂，大吉大利。於是未婚男女趕在年頭結婚，已婚男女更是努力耕耘，期望年尾之前，龍子龍女得以出籠。大家盲目趕工的結果，據衛生機構可靠統計，這一個龍年出生的嬰兒，比正常年可能要多出八萬多丁口，簡直是對執行家庭計畫的機構豎起頗不友好的挑戰行為。有一位大學教授，酒酣耳熱之際大嘆，如果大專聯考制度維持不變，二十年後的大專聯考，一下子要比往年多出八萬多人拼擠窄門，那些莘莘學子可就更慘啦。雖然這是一句玩笑話，卻也是實情。

幸好，轉目之間，辰去巳來，今年是輪到蛇年了。蛇是軟體冷血動物，對蛇有好感的人大概不會太多，照說大家今年總該民亦勞止，迄可小休了吧。依據中國古老的傳統，蛇、蛟、龍是屬於近親的爬蟲，蛇百年成蛟，蛟百年成龍。在十二生肖裡，龍年過了就是蛇年，大陸有的省分管蛇叫小龍或者是閏龍，可能是其源有自的。

談到蛇，近十多年來，醫學界對於蛇的興趣大增，世界各國都有研究蛇類的專家。自從美國醫學界發現蛇的毒涎可以醫治心臟病，並且能夠遏止癌細胞的散布後，研究蛇類的人與日俱增。依據專家的統計，全世界蛇的種類，人類已發現的有兩千四百多種，其中大半的蛇都是無毒的。

目前在蛇類裡最大的蛇，是一種叫大烏蘭加的蛇，有一百五、六十尺長，圓徑有尺把粗細，雖然大得令人可怕，可是它卻是以小動物和鳥蛋為主食，只要不侵犯它，不會無故傷人。

在臺灣，我們認為被青竹絲、雨傘節、眼鏡蛇這三種毒蛇咬上一口，蛇毒散得最快，若不立刻施救必定喪命，算是頂毒的蛇了。其實真正最毒的蛇是澳洲的敏地蛇，這種蛇所經之處，草木立刻一片枯黃，乘人不備，竄高偷襲快而且準；人畜遇上，無一倖免。澳洲人起誓都拿敏地蛇賭咒，澳洲人認為這是世界上最毒的蛇了。

關於哪一種蛇最毒？專家學者，各持己見，莫衷一是。美國東南部發現屬於響尾蛇中一種東方衲背響尾蛇，體重有十四五公斤，身長有二點六七公尺，有人說這種蛇最毒。也有人認為虎蛇和東南亞產的藍色柳條蛇是不分軒輕的兩種毒蛇，因為它們只需放出二毫克的毒涎，就能致人於死。可是巴西專家又一致推認一種叫「格本拜柏」的蛇，才是真正毒性最烈的蛇，因為它嘴裡有一百多隻內傾環齒，每隻長度有三點二公分，一旦被咬，全部毒牙同時放射毒涎，未及施救即已送命。據說這種毒蛇極為罕見，前年美國費城動物園養過一條，不知何故，這條世上稀有的毒蛇居然自己咬自己自殺了，從此專家學者也就失去研究的對象。

所有蛇類的構造都很特別，它的嘴裡沒有硬骨，可以自由伸縮像一個大洞，比它大若干倍的動物，它都敢張口吞食。中國有句古話是「人心不足蛇吞象」，龐然大象蛇雖然吞不下去，不過，蛇象相遇，蛇可不為此畏縮，依然昂然不懼，照樣猛攻。有一種豁齒蛇，體積不大，倒足以逼使大家公認最毒的響尾蛇一遇上它就骨軟筋酥，不管雙方體積相差多少，耗來耗去，響尾蛇終歸成為豁齒蛇的嘴上美食，天演公例，一物伏一物，半點不假。非洲有一種吃蛋蛇，吃技專精，一口氣能連吃七八十隻鳥蛋，而且吃完能把蛋殼完整的吐出來，此後一兩年之內任何蛋類都可不吃。這種蛇是蛇類少數胎生中的一種，全身肌肉比別的蛇類細緻緊縮，非洲人認為是補藥中的神品。

一般蛇類受精後，最快的一個月就生蛋，最慢的有五年才生的。另外有一種黃斑蛇，一次受精，即可連生十六年，每年孕生一次，每次能產一百多隻蛋，造物之奇，真是不可思議。美洲有一種森岫蛇，是森林池沼裡生長的一種水蛇，最大的也有三十多尺長，經專家證實據說這種蛇是由蜥蜴演變而來，咱們中國古代傳說蛇變蛟，蛟成龍，中外傳說相互印證，蛇能變龍，似乎信而有徵了。

據本省熱帶毒蛇研究所一位負責人談起，他說夏季天氣悶熱，是蛇類最活躍的季節，稍不留心，即有被蛇咬傷的危險。大家一看見蛇，都會驚慌失措，其實蛇類並非統統有毒。以臺灣來說，如錦蛇、水蛇、南蛇等俗稱菜蛇，都是沒有毒性，縱或咬人也不會致死。

在臺灣常見的毒蛇是百步蛇、青竹絲、雨傘節、龜殼花、飯匙倩（**俗名眼鏡蛇**）、黑背海蛇等。除了飯匙倩惡性重大常會主動襲人外，其他的蛇，縱使是毒蛇也都是人不犯我，我不犯人。它們咬人似乎都是出於驚恐自衛。

總之，無論出於主動或被動，被毒蛇咬傷，其危險程度是一樣的。大致說來，毒蛇的特徵是：頭部以三角形的居多，不愛群居，喜歡獨來獨往，顏色豔麗，而且鱗片閃爍有光，長相也很特殊（如眼鏡蛇、雨傘節等）。如果遇上，必須鎮定，千萬不要驚慌，防範的方法有以下幾點：

一、居住郊外或依山傍水的別墅，尤其野外露營，如果在住所或臨時帳棚四圍撒上一圈石灰，蛇就不敢侵入石灰圈裡。因為蛇一碰到石灰，即覺疼痛難忍，甚至皮肉潰爛，任何毒蛇都不敢越雷池一步，這種方法萬試萬靈。

二、到郊外散步遊玩最好隨身攜帶手杖，走過漫長荒草地帶，不妨先用手杖撥弄前面的野草，蛇一受驚，立刻遊走，所謂打草驚蛇是也。河岸的壁穴、田埂上的土洞都是蛇類最好躲藏的處所，千萬不可走近用手試探。

三、蛇在夜間瞳孔自然放大才能充分吸取外來的光線，遠處看來，如同螢火蟲的藍光，小孩子們往往誤為螢火蟲，前去捕捉而招來意外之災。所以，晚間在郊外一閃一閃的藍光才是螢火蟲，如果藍光定而不移，長明不滅，那八成是對蛇眼，千萬不要招惹它了。

四、棲息河岸池邊有一種水蛇，雖然無毒，偶被它咬傷，傷口如碰牛糞，立刻發炎紅腫，若不趕快醫治，也有性命之憂。此外，鄉間住戶多半在鴨舍、雞塒飼養幾隻大白鵝，因為蛇一沾鵝糞，立刻脫皮，所以蛇一看到有鵝，立刻遠遁，毫不停留。

五、如果有人被蛇咬傷，一時分不清有毒、無毒，有個辨識方法極為簡易，注意傷者印堂（即兩眼之間鼻樑上方），如有像針扎的感覺，就可以斷定是毒蛇咬的。蛇毒分「陽性」和「陰性」兩種，被陽性毒蛇咬傷的，傷口立刻紅腫發炎刺痛，心神不定，坐立不安。陰性咬傷的恰恰相反，傷口不覺腫脹，只有輕微麻辣，身體疲倦，昏昏欲睡。此刻要絕對警惕，千萬不能讓傷者睡著，因為一睡成千古，勢必還魂無術了。

被毒蛇咬傷的人最好馬上送醫，越快越好。如果在荒郊野外，一時無法送醫，要是傷在手腳，立刻把上肢用布條紮緊，會喝酒的，盡量喝點烈性酒，因為酒精跟蛇毒一發生中和作用，可以延緩和沖淡蛇毒的散布，以便送醫療毒。至於有些人把咬傷的皮肉割掉，或者用火灼燒炙，並不是上策，尤其是用嘴來吸吮傷口，更是危險，切勿嘗試。

如此說來，蛇對於人類豈不是一點好處都沒有了嗎？並不盡然。據說羅馬有一家醫院，專門給人防止禿頂，百試百靈。在第二次世界大戰發生之前，義大利有一位高級外交人員，平素最重儀表，唯恐自己一過中年頭髮稀疏有損觀瞻，於是到這家醫院防止禿頂，居然效用卓著，不但舊髮不脫，而且新髮茂密光潤。大家競相讚譽，於是門庭若市，發了大財。其實所用主要原料，就是一種毒蛇熬煉出來的蛇油，究竟是什麼蛇的油，他可就密而不宣了。

我們中國四川省的雅州出產的中藥黃連馳名中外，當地藥商說，凡是出產黃連的地區，就有一種蛇叫黃連蛇，以黃連為主食，專門吸取黃連精華，人們捉捕到它之後，把蛇弄死晒乾，磨成蛇粉。初生嬰兒在未開口吃奶之前，先以少許羚羊角跟黃連蛇粉，用水調合給嬰兒吞下，就是天氣再酷熱，吃過這種蛇粉的小孩，一生也不會生毒癤熱痱子。所以，得到點黃連蛇粉的人家，都如獲至寶似的收藏起來，以備不時之需。

近年國科會支持台大醫學院從事百步蛇毒的研究，發現這種蛇毒含有抗血液凝結成分，對於治療血栓症，比別的藥物更有持久性功效。同時從毒蛇研究中證明蛇毒分心臟毒素和神經毒素兩大類，都具有緩和心臟跳動、抑制血液凝固、阻斷神經傳導的功能，將來很可能成立百步蛇養殖場，大量養殖，提煉治療血栓藥劑，供應醫學界使用。如再作深入探討，料想必有更多的醫療用途呢。

方今最讓世人注目黑白種族紛爭的羅德西亞，就是盛產蛇類的國家之一，那裡有一種叫青森蛇的，體大而肥，肉更鮮美適口。史密斯總理為了促進經濟發展，吸取外匯，幾年前，不惜花費重金延聘養蛇專家和美食高手，把蛇肉製成肉醬，用真空容器裝瓶外銷。聽說運銷世界各地情形良好，已為羅國掙得大量外匯，誰能想到望而生畏的蛇類居然還能夠佐餐健飯呢。

從前有個事實，也是蛇對人類的好處。在前清時代，糧政辦得好壞，咱們姑且不談，可是聽說當年米糧的倉耗，每年千分之一都不到。清朝管糧倉的職官是二品大員倉場侍郎，是專管公眾糧食倉庫的。庫存餘糧有近百年的老米，民國初年，北平老字號的糧食店還能淘換到陳年老米，給病人煨老米稀飯吃，說是易於消化，而且剋食。這種米儘管顏色已成淺褐色了，可是絕對不霉不蛀。

筆者因好奇心驅使，曾經找到一位當年在京東十七倉當過庫丁的問過，他說公倉裡不用羅磚地，全是乾燥的黃松木板，浮面再堆上一尺多厚的爐灰渣子，一年一換，倉庫四周牆角都撒上銀炭的炭屑防潮，倉庫當然是嚴禁煙火，更不准撒石灰。根據歷代古老的傳說，護倉神最忌諱石灰。談到護倉神，他非常神秘的細聲細語說，就是長老爺子（**北方管蛇叫長蟲，所以他稱呼蛇為長老爺子**）。

每年四月十六大翻倉一次，所有倉板都要拿出來曝晒，撤去舊爐灰，另換新爐渣鋪上。可是翻倉的頭一天清早，必須先祭護倉神。在倉門擺設香案，由總庫守主祭。祭品只有三色，是一壺白乾，五十枚生雞蛋，五隻帶毛的雛鴿，只點蠟燭而不焚香，祭完一放鞭炮，所有各守護神自當陸續迴避，第二天即可著手清倉。平日各糧食屋頂樑架、板下灰堆，都藏有各式各樣蛇類，平素毫不驚擾出入人員，只要鼠類一進倉裡偷吃糧米，它們竄起來一吸，立刻把老鼠吸住，一飽蛇吻。倉裡沒有偷米的鼠類，所以倉米損耗減到最低程度。再加上管倉的老法子勤翻多動，推陳儲新，防止霉蛀，盤倉當然沒有大虧損了。照那老庫丁的說法看來，蛇類在糧倉裡還真比庫守得力，無怪乎神權時代，視它們為護倉神，虔誠的奉祀呢。

抗戰之前，筆者跟幾位世交在蘇北泰縣曾經運銷過食鹽，在下壩一帶，有幾棟鹽倉。撤退時，政府恐怕食鹽資敵，於是全部免稅疏散，除了雜項倉庫之外，所有鹽倉全部騰空。

等到勝利還都，回到泰縣一看，大小鹽倉依舊無恙。打開倉庫，只見簷牙榱桷，樑柁楣楔，彷彿流煙墜霧，如絮如雲，掛滿了都是粗粗細細一條一條的蛇蛻。再一清掃四周滷溝（熱天可能有的鹽溶化成滷，所以鹽倉都有青石板的滷溝，以便宣洩），大大小小的蛇蛋差不多也有一兩百枚。蛇蛻堆在一處，也有二三十斤之多。用滷溝的老滷來醃蛇蛋，不但黃沙白嫩，芳濡溫潤，啜粥佐酒，其味夐絕。而且可以明目卻濕，小兒吃後，夏日可以免生毒瘡惡痱。

蛇蛻一包當時就送給打掃的工人，讓他拿到藥店換酒喝，料想他一定非常高興，可以大打一番牙祭。誰知他無精打采的回來，再一問他，才知道藥店根本不收蛇蛻。於是筆者帶他到一家最大的藥店，進門先問龍衣是什麼行市（中藥行話管蛇蛻叫龍衣）。照當時市價，我們那包龍衣，換了五袋子洋麵價錢，貨銀兩訖，帶著工人回到鹽棧，他才知道到藥店蛇蛻叫龍衣，人家才肯論值收貨。蛇蛻性涼，焙乾入藥，可治惡瘡丹毒。尋丈以上的蛇蛻縫在褲帶裡，給孕婦束腰，可以預防流產、早產。中國在若千年前中醫已經知道蛇能治病，早就加入漢藥的系列。

大陸或臺灣都有一種捕蛇專家，除了像廣東蛇行，在夏末秋初，派出能手從廣西境內進入十萬大山集體捕蛇，供給冬季各大餐館舉行三蛇、全蛇大會。讓一般老饕冬令進補、大啖蛇筵的捕蛇手，算是特殊方家外，至於一般捕蛇能手，也都各有秘不傳人的絕招。

民國二十年，筆者在武漢工作。有一位同事方君，是武昌的望族，湖北講究請知好到家裡喝湯，無非是蘿蔔燉淡菜，或是老藕煨排骨。一天中午，方君堅約我到他家喝湯，推辭不掉，只好偕同三位同事一起前往。他家的客廳軒敞高雅，正中廳柱懸掛一方劉石庵所寫「攄意弘觀」一方拓鐫的木匾。剛一入席，廚子捧著油盤送湯，忽然大叫一聲，奪門而出，並且請大家趕快離開客廳。

大家倉皇出了客廳，廚子指指堂匾，大家才看清楚匾的上方露出一個紅冠高聳、兩眼碧光閃爍的怪物。頭部很像大號公雞，可惜露頭藏尾看不到全身，就有人說是怪蛇，可是筆者始終不相信，哪有長了紅冠的蛇呢？這個時候傭人已經把一位捕蛇能手請來，據他觀察這是一種叫黑蜧的毒蛇，蛇齡可能有兩百年左右。他把帶來的一小桶油質藥膏在所穿衣褲上塗遍，然後把新毛竹一劈兩開，毛口朝外，用麻繩綁在四肢和前後胸上，一切停當後，走進客廳，吹出一種聲音很奇特的口哨。過了不久，那條蛇果然蜿蜒而下，盤在炕桌上，昂然矗立。此刻才看清蛇身長度還不足四尺，可是蛇身鱗甲閟彩，毒信吞吐，醜惡之極。

這位捕蛇手拿著一條小藤鞭子，對準蛇頭左右搖晃，果然把蛇激怒，飛縱下桌，人蛇立刻糾纏一起，在地上互相蹂躪翻滾。大約有一盞茶時間，蛇皮被竹片割得四分五裂，血流滿地。捕蛇人從懷裡抽出一把利刃，對準蛇的頸部一劃，把蛇膽摘出，一吞而下，蛇身委地，立刻僵直。捕蛇人經過一場搏鬥，已具筋疲力盡之態，不一會兒，他卻滿面紅光，異常雄偉，原來是蛇膽的功勞。他說，這麼一來，至少可以延壽三十年，如果當真，那隻蛇膽豈不是比千年何首烏、百年老山參功效還大嗎？平生所見怪蛇，這條黑蝂算是最醜惡的了。

臺灣老一輩的人常說：臺灣省岡陵起伏，林壑幽深，當年淡水、濁水、楠梓、仙溪重巒冥密，流沙怪石之間，到處都有蛇蚺的蹤跡。日本人竊據臺灣之後，對原始林木亂砍濫伐，蛇類無法潛蹤，日漸減少。當年臺北的中和鄉就是蛇的大本營，自從中和鄉大興土木，開闢社區，蛇才避地他遷，不再為患。

可是到現在，省內各地，每年仍然會出現一兩次大蛇，尤其是南部近山地區。以民國六十五年來說吧，高雄縣桃源鄉建山國小因為附近森林茂密，山旁草叢高可及人，四月間，又碰到天熱缺雨，蛇類因而外遊了。建山國小校園出現的一條二公尺多長，有胳膊粗細的大蛇，被一位老師看見，三招兩式就把巨蛇拿獲。當地山胞認出這種蛇是巨靈蛇，特點是力大無窮。同學們為求證實，把蛇吊在樹上，這條蛇可以把一隻硬木椅子拉高，小貓、小狗被它纏住立刻窒息。後來，校方將蛇皮剝下做了標本，蛇肉送給山胞加菜，七八個壯漢足足嚼了三四天，可見這條蛇有多麼粗壯了。

新營的鹽水鎮橋南里，去年六月初，有人發現一條巨蟒在八掌溪旁戲水。目睹的人說，這條巨蟒有三十多台尺長，腰粗如大海碗，背黑腹白，眼睛螢光閃閃，有鴿蛋大小。引得鹽水、朴子兩地的捕蛇專家齊集橋南里一帶，放哨聽風，都想捉捕。這條蟒蛇身軀矯健，聽覺、嗅覺特別靈敏。捕蛇人用盡了各種捉捕方法，甚至以雞、兔等小動物為餌，它好像洞悉狡計，不為所動。它一遊走，輕勁超距，虎虎生風；它經過的地方都被輾出一道牛車車輪一般的痕跡。有人懸賞五萬元購捕，但是此蟒忽隱忽現，令人無法捉摸。

朴子捕蛇專家李清榮表示，這條蟒蛇本性善良，可能已經玄化通靈，絕不致傷害人畜，念其修煉不易，就不要搜捕它吧。後來有人查勘到八掌溪橋下有一處巨穴，就是它的蛇窟。附近住戶在日薄崦嵫的時候，不時看到它在穴旁棲息遊動，溪邊戲水。既不傷人，大家司空見慣，也就不去理會它了。

臺灣省水產試驗所所長鄧火土說，去年六月間，高雄縣六龜鄉山地發現一條生有兩腿的怪蛇，被山地育幼院的院童們弄死。該院董事長楊煦牧師認為是罕有的動物，將它製成標本，在院裡陳列，俾供眾覽。這條被認為罕見的怪蛇，約有兩公尺長，手臂般粗，花色黑白相間，在後段肚子上長了兩條腿，每條都有一台尺長，腿上還生有許多爪。鄧所長說：那腿狀的東西是雄蛇的生殖器，也就是俗稱蛇鞭。雄蛇的生殖器生在肛門裡，平時都縮藏在肚腹之內，只要用手在它肛門部位用力壓擠，就會伸出體外，這種情形不太經見，所以大眾才誤認為是條長了腿的怪蛇。

瑞典的斯德哥爾摩市，有一次珠寶展覽會裡，聘請三條毒蛇保護一顆價值四十二萬九千美元的藍寶石。據說這種毒蛇毒性劇烈，而且散布非常迅速，被它咬上一口，無法救治，在十分鐘內，必定死亡。瑞典規定，任何展覽會是不准由毒蛇擔任警衛的，不過這次珠寶展覽是在某一國的大使館內舉行，所以警察當局雖然知道他們觸犯法紀，可也莫之奈何。想不到蛇對人類又多了一樁貢獻。

敬悼老友趙仲安

在下認識趙仲安，是當年青衣票友孟廣亨介紹的。民國十五、六年，茶樓帶清音桌在北平頗為盛行。青雲閣的暢懷春由胡顯亭主持，到那兒消遣的大半都是西南城一帶票友。東安市場的舫興茶社由壽伊臣大拿，德昌茶樓由曹小鳳掌舵，凡是東北城的票友就拿舫興、德昌作根據地了。至於後來蕭潤田在西單市場成立的桃李園茶社，已經是茶社清音桌的強弩之末啦。

趙仲安、孟廣亨兩人都是唱青衣的，當時可以說是一時瑜亮，在下是喜歡唱幾句小生的，所以每逢星期六下午，大家不是在舫興碰面，就是在德昌消遣，廣亨跟在下又是同學，經過孟的介紹，自然大家越走越近乎了。

仲安嗓筒嘹亮，水音圓潤，廣亨柔潤不火，翻高自然，都是學梅的好材料。不過仲安扮起來敦重厚實，廣亨骨體略飄，兩人都是工於唱做，扮起來臺風都嫌不夠明豔，所以他們兩位清唱時候多，彩唱時候就少啦。實在癮頭來了，雖然不粉墨登場，可是在文場操操琴、拉拉二胡，倒是數見不鮮。

有一次在德昌茶樓，有奚嘯伯（尚未下海）、費簡侯（戲校費玉策的父親）、張澤圃（協和醫院票房首席名丑）、陶善庭（票友工老旦）到場，碰巧趙仲安也到了。曹小鳳一看人頭正好攢一齣《法門寺・大審》，說來說去，大家都點頭啦，只有奚嘯伯只肯唱「廟堂、叩閽」，就是不肯帶《上馬》。後來陶默庵來了，為了打圓場，情願唱行路的劉媒婆，奚嘯伯仍舊咬著牙不肯唱。

唱花臉的都是身大力不虧的朋友，費簡侯一看實在忍不住了，大吼一聲，隔著茶桌一揪奚嘯伯脖領，就把奚嘯伯提溜起來，打算把他往樓下一扔。費說得不錯，好不容易今天大伙兒來得挺齊全，湊合一齣《法門寺》帶《大審》有多好，偏偏你這個小雜種，推三阻四的不說啦，結果只答應唱個《法門寺・廟堂》，連《上馬》都不唱，前後八句搖板就起身走人，看我跟桿兒張（張澤圃外號）耍半天猴兒，今天非摔死你這個兔崽子不可。要不是大家拉得快，奚嘯伯準得吃點虧。

這麼一攪和，怕事的全溜了。趙仲安向來是見義勇為的，一看情勢不妙，當時張澤圃幸虧沒走，兩人一嘀咕，攢了一齣《女起解》帶《玉堂春》。陶默庵是正式接過曹小鳳紅白帖的，義不容辭，居然給仲安配了個王金龍，大家一卯上，這齣戲唱得別提有多嚴啦。

仲安為朋友兩肋插刀的行徑，大多類此。他來臺灣之後，因為年歲體質關係，只是給各劇團說說青衣，好像一直沒登過臺，噩耗傳來，童年之交又弱一個，南北睽隔，不能親臨一奠，寫此短文，用致哀思。

我的朋友夏元瑜

今年初夏，元瑜兄拿了一張他的道裝酷像給我看，銀髯飄拂，髮髻高聳，博領鶴氅，道貌岸然。仔細一端詳，他眉宇之間比起王半仙似乎多點仙風，看他安詳淵穆的神情，比起張鐵口又多些道骨。仙凡有別，自然令人肅然起敬，大家尊稱蓋仙，實在當之無愧。

他的大作第三集《以蟑螂為師》即將付印，他的《老生閒談》、《老生再談》兩本文集，在他自己來說，是「大拼盤、大雜燴、全家福」。照我看來，不但是包羅萬有、無所不容，而且針砭世情，婉而多趣。以他的見多識廣，加上珠璣滿腹，一集比一集精彩多姿，那是不問可知的。

從前唐朝的孟東野對於論文精闢深微，後世所推崇他喜歡拿「德容言功」四個字來衡文論詩，以至於處世做人，都拿以上四個字作規範。往細裡一研究，的確是有至理存焉。元瑜兄的大作，以「德」來說吧：寫寫文章的人，由陌生人而變為文字交，由文字交進而成為刎頸交的，古今中外都不乏其人。可是遠從撒哈拉大沙漠披星戴月、兼程萬里，回到祖國來拜師執弟子禮的，雖然不是絕後，最少可以說是空前，那是誰？就是現下馳名中外的女作家三毛女士啦。想不到三毛女士拜師不久，半中腰殺出一位程咬金——影劇雙棲名演員錢璐女士——不但搶著拜師，而且還愣要當師姐。您想想要不是元瑜兄「德」孚中外，能贏得若許優秀弟子來程門立雪嗎？

以元瑜兄的尊「容」來講，當然不是衛叔寶的風神秀異，也不像周公瑾的雄姿英發。可是親戚朋友，聚在一塊閒聊天，一提到蓋仙，凡是沒瞻仰過蓋仙風采的人，都想找個機會一識韓荊州，瞧瞧大名如雷貫耳的蓋仙，到底是怎樣一個長相。因為他說自己的長相以老瘦高醜為記，又說他的年齡，看後影兒只有五十郎當歲，看門臉兒七十還出頭。愣是把自己說成神頭鬼臉，讓人覺得高深莫測，更是招得人渴欲一見。您就知道他那分尊「容」多麼引人入勝啦。

元瑜兄自稱是蓋仙，縱然他不是蘇秦、張儀舌辯之徒，可是擺起龍門陣來，不管是京油子、衛嘴子，大概全不是他的對手。逢到三五知己，促膝清談，或者高朋滿座、笑語喧天的場合，只要他三言兩語，準保讓大家捧腹解頤。他還有一宗美德，是捧人時多，罵時少，悶來時拿自己逗個樂子那是常有的事。他對一般人除非真是禍國殃民、十惡不赦之徒，是極少開罵的。縱或是罵，也是極端含蓄蘊藉，不會讓對方下不來臺。只可惜他生不逢時，假如早生幾千年，能排列到孔老夫子門牆，當個語言科掌門大弟子，以他的才，那是足可勝任的。

不才是個四體不勤、笨手笨腳的人，對於元瑜兄的心靈手巧，從心眼裡就佩服得五體投地。他大至虎豹獅象，小到貓狗蟲魚，活的動物他能讓它服貼馴順，死的動物他能開膛破肚、抽筋扒皮，最後做成標本，栩栩如生，永垂千古。至於仿古董名畫，摹塑鐘銘鼎彝，更是蒼渾古拙，可以亂真。不才要不是頭禿齒搖，手僵指硬，真想跟夏老兄學個三招兩式，來打發有生之年呢。

說來說去，想當年胡適之先生在北大紅樓講紅學時說的一句話，拿來形容元瑜兄的文章最為恰當。胡博士說，時常有人問他，怎麼樣才能寫出好文章來，他說：「你想怎樣寫，能夠痛痛快快、隨心所欲的寫出來，就是好文章。」話雖簡單，做起來可並不是一件容易的事，不才拳拳服膺這兩句話，可是幾十年來始終達不到那種意境。現在讀了元瑜兄的大作，不管是長篇大論或是小品散文，興之所生，想怎麼寫就自自然然、一揮而就寫出來，不但妙趣橫生，而且有靈性、有哲理。看他的文章，有如對坐聽他聊天一樣的真切，這是我個人的感覺，不知道各位讀者是不是也有同樣感覺呀？

清代的宮廷女子生活

不管是大陸唱鼓兒詞的，還是臺灣講古的，一提到歷代帝王後宮，總是離不開三宮六院七十二偏妃的說法。唐、宋、元、明因為去古已遠，後宮情形無法詳知。可是依據清代史籍，以及私人札記，從順治開國以迄宣統遜位，好像還沒有哪位皇帝有那麼多妃嬪的呢。

清代后嬪——由皇后、皇貴妃、貴妃、妃、嬪、貴人、答應、常在共分八等。

宮裡伺候后嬪的嬤嬤——分管事嬤嬤、細做嬤嬤、粗做嬤嬤，另外一種就是后嬪家看媽、奶媽，隨身使用出嫁女婢等人。

照民間習俗，小姐出嫁，有錢人家都有隨身侍婢、貼心女傭一同陪嫁。可是宮廷之中，就是母儀天下的皇后，大婚時候也不准有丹臣家（**后妃家稱丹臣**）女傭侍婢陪嫁進宮的。后妃入宮之後，原在家中使用幹練的女傭，可以傳喚進宮侍候。經過內廷管事嬤嬤暗地考查，性行端正、沉靜寡言、無不良嗜好者，才能請領大牌，在內宮長期當差。至於后妃未膺選進宮之前，所用的貼身婢女，不管是怎麼明慧得用，如果是雲英未嫁，格於宮禁規章，一律是不准入宮的。據說清初鑑於前朝奉聖夫人客氏，勾結權閹作奸犯科，穢亂宮闈，幾乎把整個明室傾覆，所以對於後宮侍從人選，不得不特別審慎甄別，以免再蹈前朝的覆轍。

清代祖制是不冊立太子的，皇子一律照排行叫幾阿哥，公主照排行叫幾格格。如果哪一位皇帝子女眾多，每一個阿哥、格格都有好幾位奶媽、看媽。雖然是各依生母分宮而居，可是在傭人人數比例上，也就不算少啦。一旦哪位皇子幸承大統登基，他的奶媽、看媽自然就神氣起來了。清朝雖然趕不上明朝皇帝奶媽那樣威風，冊封賜邸（**北平有一石老娘胡同就是明朝一位皇帝奶媽的賜邸，張宗昌在北平就住此宅**），可是後宮管事嬤嬤這個差事，皇上的奶媽總是最優先考慮的人選。

此外就談到宮女了，豹尾離宮，雲房水殿，歷代文人筆下總是宮闈縹緲、御苑春深，把宮環秀女在掖庭的生活，不但寫得多彩多姿，而且撲朔迷離、令人莫測，其實說穿了，也沒有什麼離奇的。

清朝的宮女，全都從旗族挑選，不過比起選后、選妃，條件就放寬多啦。后妃出身一定要從八旗秀女中遴選。至於挑宮女，凡是駐防旗、漢軍旗、內務府旗人、包衣旗人，家裡有八歲到十四歲的女孩，都可以申請列冊，由內務府先行初選。只要眉目清秀、舉止端莊的，大概都能合格。再經過後宮複選決定，就算正式宮女啦。剛一進宮，因為年紀小，腦門頭髮都是剃光不留的，算是小宮女。等年紀稍長，當差靈巧，上人見喜，准許把頭髮留起來，就算漸漸熬出頭啦。等到恩眷日隆，賞給穿戴，梳起兩把頭來，那就成了宮裡紅人，過不幾年，不是指婚，就是遣嫁出宮，跳出樊籠了。

內宮細瑣的事跟外間好多是不相同的，現在按衣食住行大致來談談。

每逢歲時令節、喜慶大典，皇后頭上一定要戴點翠珠絡的「墊子」，身穿團龍繡服。至於一般慶典梳上兩把頭、穿上氅衣就可以啦。非到燕居休息不見外賓時候，才能卸下兩把頭，梳個旗髻，換上平底鞋疏散一番呢。皇后以次的妃嬪，平素跟有大典的日子，都得梳著兩把頭、穿花盆高底鞋，日常身穿旗袍加坎肩或馬褂，逢到大典換上氅衣而已。至於嬤嬤宮女，該梳頭的梳頭，該打辮子的打辮子，遇有慶典，加上一件馬褂而已（旗裝婦女可以穿各式各色馬褂）。

談到上方玉食，在大內吃的問題可複雜了。清代的帝后，是各有各的膳房供應飲膳的，有御膳房（又叫壽膳房）、茶房、奶子房、餑餑甜食房，平日分膳（各吃各的）時候多，合膳（並案而食）的時候少。妃嬪如果分宮（有了自己的寢宮），御膳房也就要每天預備膳食，可以獨自享用了。

皇上、皇后的全膳是大小一百二十八件，半膳是七十二件，還有四十件、二十件的便膳，那就是各宮妃嬪用的伙食啦。帝后平日差不多都進半膳。逢年過節、喜慶祭祀才進全膳，不過皇后每餐席面總比皇帝多個十樣八樣，第一是皇后母家不時有新鮮佳肴供奉，第二是各宮妃嬪不時也會奉獻些各人專擅的拿手菜點給皇后嘗鮮，皇后認為可口，再由太監們轉獻皇帝御用。依照規定，妃嬪是不得逕行呈獻皇帝御前的，因為明朝成化年間有位田貴妃，進了一簍月母雞湯，內中下毒，幾乎釀成大獄，所以到了清朝定為禁例。

分宮妃嬪雖然自有膳食，可是獨自舒舒服服吃頓安樂飯的時候也不多，因為早膳、晚膳，不是皇帝傳侍早膳，就是皇后傳侍晚膳，越是走紅的妃子，越得不到休息。至於嬤嬤宮女，她們的飯食另有伙食房子供應，御膳房是不管的。所有各宮撤膳所剩下的殘肴，都由大小太監撤回御膳房，除非各宮主子們指名哪碗菜賞給某一嬤嬤、某一宮人，才能磕頭謝恩領賞呢。

內宮開飯叫傳膳，午、晚餐時間比民間吃飯時間為早，午膳是十點半，晚膳是四點半。因為早朝時間太早，所以午、晚兩餐都跟著提前啦。不過，歇晌午睡（宮裡叫歇晌）起身要吃一餐下午茶。不但奶品點心，乾鮮果品珍饈悉備，一律用紅漆圓盒進呈，每盒八色，一共四盒。冬季是奶油酥茶，各式香茗；夏季則換上酸梅湯、果子露、乳酪、涼粉、杏仁豆腐一類飲料伴食。盒子裡吃食，件件細潤甘沁，香滑繞舌，那些金漿玉醴，都是外間難得一見的小吃。（後來北海五龍亭雖然開了一家飯館叫仿膳，據說會做全仿果盒，民國二十年要三十塊一桌，比燕菜席還貴，價錢這麼高，可是做的東西並不完全地道。）

中國人是有隨時喝茶習慣的，每個宮裡都有自用的茶爐房，專管燒水沏茶工作。至於茶的種類，龍團、雀舌、武夷、六安靡不悉備。不過宮廷一般都泡的是混合茶，以香片、龍井為主，還要加上點珠蘭、水仙一類香茗，份量增減，那要看主子們的口味了。嬤嬤宮女們住處也都設有茶爐，不但隨時有熱茶喝，而且有熱水用。至於飲用水，各處都有甜水井，是取之不盡、用之不竭的。可是皇上、皇后茶爐房用的水，則是每天一趟，用騾車從北平西郊玉泉山泉眼裡汲取拉進宮裡的。這種水車扶手插著一方杏黃色的旗子，在車道慢條斯理的趕著走，一直到宣統出宮，這種插黃旗的進水車才在街上絕跡。

在宮廷裡以衣食住行來說，住是最差勁的一環了。

盛夏酷暑，雖然沒有冷氣、風扇設備，可是各宮殿高敞豐亮，前廊後廈，水盤承露，冷玉凝霜，有的是後海冰窖整方的天然冰，放在殿的四角，夏屋渠渠，如在清涼世界。可是到了三九隆冬，就不太好受啦，雖然殿裡都用庫緞栽絨，做起百衲的棉隔扇來，又有取暖用的白灰堊泥巨型火爐，外加銅架，用木製爐圈圍著，因為殿宇寬廣，身衣重裘，仍然覺著凍手凍腳。不比起嬤嬤、宮娥們屋窄人稠，大家擠在熱炕上做做活計、鬥鬥紙牌來得愜意舒坦。

談到熱炕，就想起后妃睡的木板匟了。那種木匟多半是窄而長的，匟上兩邊都放著小條桌，除了陳列鐘錶珍玩之外，還可以存放隨手雜物。雖然墊的褥子很厚，可是比起鋼絲繃子、彈簧軟床，那就遜色多啦。所以清朝末年，北平三貝子花園（原名樂善園）暢觀樓慈禧行宮裡，給太后老佛爺預備了一架鋼架子鋼軟絲床，如絮如絪的軟床，比起內宮的木板匟，當然要舒適解乏多了。因此這件差事，頗蒙太后老佛爺激賞，對承辦的執事著實誇獎一番呢。

宮廷各處，除了宮女的下處有廁所外，各宮的寢殿都沒有廁所的設備。凡是大小關房（大小解，內廷稱大小關房），都由當值的嬤嬤宮女把特製的溺器，抬入寢殿，用完即行抬走。比起一般民間如廁，真是既麻煩又不便。不知道的人，以為皇家飲食起居服御，一定是華縟絲縭，天上人間。其實宮闈凝重，凡事悉有定則，您如果逛過故宮就可以想像得到。拿宮廷裡寶座來說吧，每隻都是方方正正、莊嚴肅穆的，怎比得上沙發椅子來得鬆軟宜人呢？

談到教育的問題，清朝從同治、光緒到宣統，都是沖齡踐位、繼承大統的。南書房課讀的師傅們，當然都是翰林院出身、千挑萬選飽學之士。至於公主們的師傅，也都是年高德劭知名之士。各府的格格、宮裡年輕的妃嬪宮女，有的是奉命，有的是請求，准許進宮附讀。有些蘭質蕙心的宮婢，後來出宮遣嫁，把宮闈窗課的詩詞抄出給外界人看，有些清新華貴，有的穠縟委婉，可惜御溝紅葉，不易流到民間罷了。此外，琴棋書畫、騎馬擊劍，不論是皇子或公主，只要你打算學習，就有專人指點。當年才女繆嘉蕙，就是宮廷中指導習畫的有名供奉。以習武出名的，有內務府大臣世續的兒媳，不但劍術高超，就是拳腳方面，等閒十個八個人都近不得身，那是入宮學的本領。不過閨中雅興只求健身自衛，平素不願眩惑而已。

至於宮中娛樂，那真是寫之不盡，說之不完。凡是冊立到皇貴妃，有了印璽，就可以對臣下賞賜御筆字畫了。長日無俚，展開畫案最普通的是寫一筆龍虎、福壽字，或者四字的春條，有的用筆矯健清勁，有的筆勢凝厚雄奇，其實那字不管行草，都是如意館供奉們把字寫好，做成漏斗，用細粉漏在紙上，寫字的人，只要筆濃墨酣，像描紅摹字描下來，自然龍飛鳳舞，躍然紙上。

端午節賞硃砂判官，那是整個判官由如意館畫好，只留雙睛不點，那是留給主子們用朱筆一點，畫龍點睛就算大功告成。此外畫團扇繪大件的條幅，每軸也莫不如此，只把其中某一部分勾勒著色，就算那位皇后、那位太妃的御筆了。

宮廷裡平日是嚴禁賭博的，只有除夕到元宵落燈，可以金吾不禁，稍稍放鬆點。可也只限於擲昇官圖、十二金釵遊太虛幻境、趕老羊、七添八拿九端鍋，所謂鬥牌也不過是打十胡、摸索胡而已。至於牌九、開攤，算是真正賭博，內廷是絕對禁止的。最奇怪的是民間從咸豐年間打麻將就漸漸流行，可是宮裡從慈禧垂簾，一直到宣統出宮，都沒見哪個宮裡有麻將牌聲呢。據宮裡老太監說，打麻將因為是四圈才算一局，時間太長，不能隨玩隨散，所以宮廷始終沒能行得開。

北方放風箏也講究季節的，清明前後大地春回，雲淡風靜，風向穩定，大家就都放起風箏來了。宮廷的風箏是由內務府雇用巧匠專門糊紮的，人物有飛天、麻姑、天官、壽星、悟空、楊戩等等，蟲鳥則有龍睛魚、海螃蟹、大蜈蚣、小青蛙、蒼鷹、蜻蜓等等，最難放的是福、祿、壽、喜，還有八卦、七星一類的叫大拍子的風箏。不但要一把子臂功才能抖起來，又因為拍子平平實實過分兜風，不是放的接近罡風，很容易一個筋斗摔下來。其實宮廷放風箏全是由年輕小太監抖起來交給妃嬪們放放線，就算放了風箏啦。

宮裡放風箏都在長巷，一放就是二三十隻，有頭有臉的宮女也都讓她們每人牽著一隻，等到主子意興闌珊，就用剪刀把繩弦一剪，讓風箏隨風飄向九霄雲外，叫做散災，可以保佑自己沒災沒病。當年皇城外面住的青皮惡少一看見宮裡放起風箏，立刻呼朋喚友，在東西筒子河兩岸（**皇城周邊護城河**）愣用鐵標把宮中放在天上的風箏摟下來。要不是宮裡旨在散災，那班青皮有幾個腦袋敢摟宮裡的風箏呀。

宮裡經常的娛樂是聽戲，依照慣例，宮中演戲，每逢初一、十五各演一天，端午、七夕、中秋各演三天，新年期間，從除夕起到正月十六止，演足十七天。後來慈禧垂簾聽政，她的壽誕是十月初十，所以在萬壽前三四天，又演七天戲。有個機關叫昇平署，不但崑弋亂彈，而且能編能演，說白了就是御用戲班。後來慈禧太后認為聽來聽去總是那幾齣戲，看來看去總是那幾個熟面孔，提不起興致，於是把外間的名角傳差進宮演唱，像王瑤卿兄弟、十三旦、楊小樓、梅蘭芳、王蕙芳、陳德霖那些老一輩的伶工，都進宮當過差。平日小型傳差，多半在敬勝齋演唱；逢到歲時令節、喜慶萬壽，那就改在漱芳齋爨演了。只是那一天唱戲，主子們專心聽戲，事情就少多啦。宮女們最喜歡傳差唱戲，當值時候，瑣碎事一少，也免得時刻提心吊膽怕出舛錯啦。

七夕佳節，宮中也是頂重視的，據說在六朝和隋唐時代，乞巧節就在宮廷裡盛行。滿洲有一種風俗，在七夕前一天，用一個瓷缸，盛上清水，把缸放在院子裡，承接夜晚天上落下來的露水，這種水叫乾坤水。到了第二天，當新月初升、星斗出齊的時候，凡是在宮廷裡未出閣的小兒女，不分尊卑，各人都撿些細小的松針，圍在瓷缸前面乞巧，這個名稱叫擲花針。把松針擲在水裡，等松針浮上來，看看下面映出的影子，是什麼樣，就可以判斷這個人乞到巧了沒有。假如水裡影兒纖細清楚，就是天孫賜福傳給靈巧；相反的，水裡影兒彎曲粗壯，那就是沒有乞到巧。有些靈慧得寵的宮女故意採點歪扭的松針往水裡放，說是天孫給了一根石杵，以資笑謔媚上邀寵呢。乞過巧就該祭仙啦，祭仙多半是在御花園堆秀山上，除了時鮮瓜果之外，幾張方桌擺滿了都是妃嬪宮娥鉤心鬥巧做的牛郎織女穿戴衣飾用具，諸如牛郎戴的斗笠、織女手中的雲帚，笠不容指，帚不逾寸，黼黻絺繡，迷離耀眼，等於開了一次針黹比賽大會。

在大陸有句俗話，是「男不拜月，女不祭灶。」，在宮廷中也是一樣。拜月主要的是月宮禡，民間是紙糊木刻彩印的，到了內廷，月宮禡是由如意館在素絹工筆繪製進呈的。供品除了由餑餑房供應整套自來紅、自來白的月餅外，水果以西瓜、鮮藕、虎拉車（**類似蘋果的一種水果**）為主。此外，最少不得的是有枝帶葉的毛豆、整把的雞冠花。這些工作都由宮裡嬤嬤、宮娥安排布置，絕不假手一般內監。等拜月完畢，多半是在御花園裡絳雪軒排宴賞月。因為那裡翠瓦飛簷，明暉射壁，靈臺宏敞，蟾魄初吐，景物幽絕。當筵宮娥捧斝進酒，吳歌鳳琯別殿笙簧，更覺清幽有趣。宴罷，往往已是月過中天了。

獻歲發春，律呂調陽，過年是宮廷生活主要的令節。從乾隆六十年起，皇帝寅時在乾清宮升座，御前大臣跪頌吉祥之後，侍衛送上奶茶，喝完立刻起駕。出日精門，到上書房東邊聖人殿，其實只一間小屋，在大成至聖先師孔子神位前行過大禮，然後乘輿到堂子祭神、祭祖還宮，接受王公大臣的朝賀，才輪到后妃們遞如意、頌吉祥。

除夕辭歲，是長輩給晚輩壓歲錢的時候了。民間是紅封套，宮裡是用平金或繡花大紅荷包，裡頭裝的不是金銀小如意，就是金銀小錠子、小元寶，雖然份量都不重，可是都鑄得非常玲瓏精緻。一直到宣統出宮之前，宮裡仍然以荷包作賞賜，裡頭從沒有放過鈔票銀元呢。宮裡的嬤嬤們對宮女也要給荷包壓歲，大宮女對小宮女也要點綴一番。所以在春節期間，有些小宮女大襟上掛滿了大小荷包。元旦各宮的妃嬪，以及進宮朝賀的王公命婦，都要向皇太后、皇后各宮的主子呈遞如意。這真是奇矞夐絕，珠聚星編，令人目不暇給。

民國吃水餃，滿洲叫吃煮餑餑。元旦起，宮中要吃五天煮餑餑，不過初一要吃素餡，初二到初五才能動葷。據說元旦祭堂子，所祭都是天神，尤其滿洲所奉的紐歡台吉、武篤本貝子，為了一示虔誠崇敬，所以持齋茹素一天。南方祭財神是正月初五，北方祭財神是正月初二，這才開葷吃煮餑餑，又叫捧元寶。這頓元寶的餡子，以慈禧來說，一定是率領隆裕皇后、珍瑾兩貴妃、瑜珣瑨妃、格格們，以及常侍右左的命婦們等親手包製。說是捏住小人嘴，不要胡說亂道，同時把一隻小金如意隨意包在一隻餑餑裡。

善於逢迎的太監，像李蓮英一類人物，早把羼在大家所包的餑餑裡的那隻有彩的默記於心。這隻金如意必定是老佛爺吃出來，大家又歡呼老佛爺一年吉祥如意，福蔭眾生，而老佛爺欣喜自負自己福分比別人都大。光緒戊申年正月初二，竟然沒吃出如意來，老佛爺當然心裡不舒服，問問大家，都說沒吃出來，實在是皇后無意中吃出而不敢聲張，偷偷遞給李蓮英，李說餑餑有煮破了的，可能掉在鍋裡，由李從鍋裡揀出呈覽，才算了結這件公案。

有清一代，去古未遠，宮掖可寫的趣事尚多，一時也說之不完。等將來有機會再寫吧！

談談故鄉的年俗

當年在故都過年是一件重大的事情，一進臘月門，大家就忙活起來了。北平有一首民謠：「送信的臘八粥，要命的關東糖，救命的煮餑餑。」就是說，一吃臘月初八熬的臘八粥，就告訴您年盡歲逼啦。臘月二十三祭灶王，吃了關東糖，帳單子就陸續而來，您準備還帳吧。一直到三十兒晚上放了鞭炮敬神祭祖，嘴裡吃上熱氣騰騰的煮餑餑，帳主子說聲恭喜，不再要帳，救命王菩薩，年關又算是闖過去了。這幾句話雖然很普通，可是把過年的情景形容得淋漓盡致。

在臘八之前，有錢的人家早把新衣服做好了，無論男女老幼都準備一雙新鞋，三十晚上穿上，說是可以踩小人的嘴，免得胡說八道。

臘八一過，首先要準備敬神佛、祭祖先的供品，訂香斗、子午香祭天，大雙包、小雙包（香名）敬神，藏香、檀香、芸香祭祖。還要在香蠟鋪請好全份神禡兒。天地桌要排五碗蜜供、一堂福字蘋果。祖宗龕前不供蜜供，換上龍眼、荔枝、紅棗、板栗、蓮子五色乾果。每一盤供品都要插上供花，另外還得有一盤桂花金銀年糕、一棵松柏長青松樹，樹上掛滿金銀小錢小元寶，樹根用蒸熟的糯米飯鋪平，上面布滿了染色的花生、蓮子、紅棗、板栗，叫作搖錢樹聚寶盆。講究人家還要在桌上擺兩盆水仙，兩旁擺幾株迎春、臘梅、山茶、碧桃。鮮花的冷香跟藏香的瑞香一糅合，真是玉炬金英、雍容淵穆，真有過年的味兒。

正月裡人來客往，老規矩不作興讓拜年的空著嘴走，總要準備幾樣酒菜，什麼酥魚、醬肚、油爆蝦、豆豉魚、虎皮凍兒。有人過年茹素，還要有點素淨菜，什麼什香菜、羅漢齋、嘟嚕麵筋、蓑衣蘿蔔、芥末堆兒呀，再有素餡兒、葷餡兒兩種餃子，喜歡白乾來四兩二鍋頭，愛喝黃的燙兩斤花雕，也就足夠賓主盡歡的了。

除夕這餐晚飯南方叫團年飯，北方叫團圓飯。無論哪一省，對這頓飯都非常重視的，同時吃這頓飯忌諱也最多：

第一，家中不論有多少男丁女口，不管當晚在家還是不在家，他的那份匙箸一定要依照生次安放齊全，不能短少一份。

第二，當晚不能用湯泡飯，據說如果用湯泡了飯，出門一定碰上下雨。

第三，在飯桌上無論是大人小孩，都只准說吉祥話。為了怕小孩子不懂事，口沒遮攔，隨便亂說不吉利的話，普通有兩個方法化解：用紅紙寫童言無忌、萬事如意的春條貼在牆上是一個辦法；再不然用解手紙，在小孩嘴上擦一下，表示小孩兒說話等於放屁，就不會犯忌啦。

吃完團圓飯，庭院到處都是燈明火旺，院子撒滿了芝麻稭兒、松木枝兒，人一走到上面吱喳亂響，名為踩歲（碎字借音）。其實家家開門敞戶，是等小叫化子送財神來呢，可是又怕小偷趁虛而入，撒上芝麻稭兒，就不怕小偷兒啦。

過年嘛，家裡總要買點零食，什麼西瓜子、葵花子、倭瓜子、糖炒栗子、大花生，再來兩斤糙細雜拌。老人玩的是摸索兒、打什胡；小孩們玩吊猴兒、趕老羊、七添八拿九端鍋、接龍、頂牛兒或是打天九。再不然玩昇官圖、擲文武狀元籌。一般規矩人家都是拿鐵蠶豆當賭本，可就是不許動真輸贏，跟現在的孩子比起來，真是有天淵之別了。

北方人過年講究吃五天餃子，五天之內不動煎炒烹炸，只能熬煮，不准生米下鍋。正月初一吃的餃子是素餡，據說除夕一交子時就算初一，諸神下界，考核人間善惡。神仙一看這家持齋茹素，必定是積善之家，所以那一天大家都不敢動葷，才能上邀天佑。

在南方正月初五是財神日，北方正月初二就祭財神了。祭完財神全家要捧元寶，卜卜自己的財氣。所謂元寶，就是用金銀錢或者小銀角子一隻包在餃子裡，大家來吃，誰吃出來，那一年誰就財運亨通。早先從元旦起大家就外出拜年，交往多的人家，拜年要拜到十八落燈都不算失禮。可是正月初二一定要在家裡吃過元寶，才出去呢。

北方還有一個規矩，古板人家正月初一到初五要忌門。所有婦女初五以前都不到人家家拜年，有些南方婦女不懂這個規矩，到人家家拜年，一律擋駕。到了初六家家要接姑奶奶回家團聚，這跟臺灣初二女兒回娘家、姑爺來拜年，情理是一樣的。

正月初八要到西郊白雲觀順星，先到星宿堂對值年星宿、本命星宿分別頂禮焚香。到了晚上星斗出齊，如果有親友在家，等親友走後，自己家裡人全都到齊，然後在院裡，用黃裱紙裁成小紙塊，包上銅錢，蘸滿香油，一共一百零八盞，放在不怕火的大托盤裡，一律點燈焚香叩頭，叫做祭星，祈求一年的順當。

北方對於元宵節是非常重視的，十三叫上燈，十四叫試燈，十五叫上元燈，十六叫殘燈，十七叫落燈。古人說火樹銀花上元燈，煙火鞭炮自然是燈節必有的點綴。既然是燈節，當然是以花燈為主：各大商號細筆彩繪的大紗燈，瑞蚨祥綢緞莊整本的「唐僧取經」，蘭華齋餑餑鋪的「三國演義」，謙祥益皮貨莊的「七俠五義」，泰昌疋頭莊的「紅樓夢」，都是極能吸引遊客，馳名九城的。至於後門大街的冰燈，西華門北河沿火神廟廟門口泥塑的火判，這些都是只此一家，獨門玩藝兒。

過元宵一定要吃元宵，北方都把餡兒沾上糯米粉放在簸籮裡搖，跟江浙一帶用手包不一樣，而且餡兒只有棗泥、豆沙、山楂、桂花幾種，頂多有加奶油的。南方人有的愛吃菜肉、全肉元宵的，您要是在北平想吃鹹元宵，那就只有自己動手來包啦。

一到正月十八，年算是正式過完，大人小孩就都收收心，一年之計在於春，該幹什麼就規規矩矩幹吧。

〈古往今來動物園〉讀後

年前，元瑜兄寫了一篇〈古往今來動物園〉，元瑜兄這篇鴻文窮搜旁引，從殷周的甲骨到現代的生物解剖，真是針鏤中外諸子百家，詞采淵懿，令人沒得話講。文裡一再談到三貝子花園，不免引起了在下無限懷思。

三貝子花園，在咸豐年間叫「樂善園」，原來是一座行宮。因為後園門靠近直通頤和園的御河，慈禧太后的御舟常常在這兒停船打尖。園裡養了許多珍禽異獸，所以到了光緒三十二年，慈禧索性把這座園子改名為萬牲園了。園裡亭臺樓閣有「暢觀樓」、「暢春堂」、「卍字樓」、「觀稼軒」，豹尾離宮，妝臺明鏡，竹籬茅舍，松徑幽奇，真是網羅靡遺。所謂三貝子花園，那是咸豐以前的事了。

民初曹仲珊當大總統時代，把這座園子改為農事試驗場，劃歸農商部，當時總長是高澤畬（凌霨），當時學農的不多，他選來選去把部裡一位技正謝恩隆派出兼場長。這位謝技正是廣東人，只會說客話，頭一天接事就看見兩個收票員劉玉峰、劉秀峰哥倆軀幹雄偉，像兩座顯道神似的。當天召見一問話，哥倆一編排，愣說憑每月薪金所得，簡直吃不飽。謝是廣東巨富，立刻動了惻隱之心，條諭出納，每月在他本人薪金項下支付二十元，給他們充實伙食。當時場長職兼每月薪水是一百二十元，像農商部這種半冷不熱的衙門，每月只能領到四成薪水，加上場長項下人情來往，他的兼薪，等於全給劉氏昆仲忙活啦。

其實他們二人食量比普通人大是大點，可也大得有限，而且兩人都膽量奇小，天一擦黑，就不敢到園子裡走動了。各自備有一隻特大粗瓷痰盂，就是他們值宿起夜用的。大劉的老婆是西郊土著，身材嬌小，跟大劉一大一小形成強烈的對比。她對大劉管得很嚴，可是大劉卻時常趁她不備，偷偷溜到對街白房子（**北平西郊土娼館**）去尋歡取樂。娼寮的土娼們，個個都歡迎他，說是誰要接了大劉，準保十天半月生意興隆不空房，所以他是白房子的財神爺。後來大劉應邀到美國好萊塢電影公司去充當臨記，曾經在冷面笑匠巴司祁登主演的一部滑稽片有他幾幕鏡頭，本來是一記血頭，可是他行動迂緩、神情呆板，又不服水土，沒法子演下去，只好敗興而歸，回國沒多久就病死了。

談到三貝子花園的大象，在下從小就愛逛三貝子花園，主要是瞧大象。一尺多長的稻草把子一捆一捆用長鼻子往嘴裡送，嚼都不嚼就下肚了。後來讀書，讀到大舜弟弟叫「象」封有「有鼻」，大象有一隻長鼻子，偏偏他的封邑是有鼻，實在太耐人尋味。

依據中國古代文獻記載，廣西雲南一帶，有很多大象聚族而居，後來因為氣候水源陵谷的變遷，逐漸流徙向印度非洲方向而去。自從東漢時開始，所有臣服大漢的產象屬國，把馴練好的大象列入歲時朝貢的禮單啦。從唐代開始並且把馴象定等分班列入鹵簿，遇到歲朝慶典、盛大朝會，大象一對一對錦輅金飾，駕輦馱寶，東西並列，以肅威儀。電影裡曾經看過越南高棉趨象打仗，咱們中國在東漢時代，光武中興王莽劉秀昆陽之戰，莽軍也知道利用大象皮粗肉厚、力大無窮的優點跟漢軍作戰了。

北平有個地名叫象坊橋，據說就是早年馴象所跟豢養大象的地方。咱們沒趕上，聽老一輩兒的說，象最喜愛乾淨，象奴們每天要用一種帶鐵刺的硬棕刷子，給大象身上的泥土灰塵掃刷一遍，要是象奴刷得不乾淨，大象一發威，能夠毀屋拔樹，聲勢非常嚇人。十天半個月象奴還要帶大象到護城河洗澡沖涼，柳蔭戲水，王河射波，直等到大象俯首昂鼻，嗚嗚有聲，表示盡興，才准象奴牽引蹣跚而回。

每年六月初六是一年一度的洗象大典，鑾儀衛要用旗鑼傘扇全副儀仗，把象群送到宣武門外浴響閘（又名二閘）後陸續下河，一時額耳軒昂，舒鼻弄水，嬉於碧波，牝牡自匹，等到力盡身疲，象奴才敢向前，河裡早就砸好木樁（又叫橛柱）。每一頭象由三個象奴服侍，把頭頸用一條粗繩索，緊緊綁在橛柱上，四條腿都用一種叫「校」的蛟筋繩索套在它的腳上，牢牢纏在橛柱根兒上，讓它不能走動，才開始沐浴。大約要洗上一個時辰才能洗完，然後列隊鼓樂送回象舍。

明代沈德符《萬曆野獲編》，還有王漁洋的七言長歌〈洗象行〉，都把北京浴象蔚為盛會，歌詠描述細膩周詳，可惜原詩記憶不清，手邊又沒有原書，無法寫出，以供眾覽了。

有人說大象在清代所領俸祿，也有官階等級的，每頭象最低月俸也比一等衛為高，因為象的食量大，要雇三名象奴伺候，用項大開支多，否則就無法維持啦。據說每逢朝廷大會，哪一隻象入朝遲誤或者是站列失序，廷命箠責的時候，大象照樣乖乖的趴在地上受責。領責之後，並且知道起身謝恩。此外要是犯了重大過失，或是狂逸傷人，罪應降級，它們知道退立應貶的級次。我們看過了馬戲班裡，馴象師指揮它昂首舉足，揚旗吹號種種演練情形，上面所說大象立朝站班動作，可能也不會假的。

又聽說大象年邁，受了驚嚇，容易發瘋。發瘋之前，象的耳朵裡會流出一些油脂叫做「山性」，一經發現，就得趕緊用巨繩綑綁起來醫治，否則狂性暴發，就要毀壞房屋傷及人畜了。以上情形都是聽自故老傳說，是否真是那麼一回子事，只有請教動物學專家夏教授解說證實啦。

閒話太監

宦官就是閹人，俗稱太監，又叫老公。依據典籍的記載，自從秦漢時期有了腐刑，宮廷中就由閹人擔任雜役啦。《說文》說：「宮中奄，昏閉門者。」按宦官謂之奄，主宮中閉門之役，所以叫閹人。由唐宋到明朝，一直叫宦官，永樂初年，民間因為敬畏宦官才尊稱為太監。嗣後出了王振、劉瑾、魏忠賢一班權宦，不但竊柄弄權，而且左右朝政，太監的權勢，在明朝算是到了登峰造極了。

至於清朝的安德海、崔玉貴、李蓮英、小德張、梳頭劉等人，因為去古未遠，大家對於這些閹割畸形人，覺得他們心理上、生理上必定有不可思議的奇妙變化，可是正史上又都約而不詳，於是稗官野史、私人札記，捕風捉影、侜張為幻，把清朝一些太監也形容成權傾朝野、不可一世的巨奸。其實清朝那些有頭有臉的太監，仗著上人見喜，狐假虎威，弄點錢花，那是一點也不假，談到干預國家大政，甭說他們不敢，就是打算從中弄鬼，以慈禧的辨析芒毫，也不容那群太監插手其間呀。

太監去勢，俗稱淨身，他們自己叫出家。出家有兩種情形：一種是自幼出家，一種是半路出家。一般說來自幼出家的多，半路出家的少。

在清朝，河北省武清、河間一帶都是太監的產地。自幼出家的，年齡都在十歲左右，頂多不超過二十歲，而且一律要出於自願。貧苦人家，因為生活困難，無路可走，於是就希望自己的子弟淨身進宮。如果能幸邀聖眷受到榮寵，這孤注一擲就可以換來畢生的安富尊榮，所謂一人得道，九祖升天啦。

半路出家的，大概都是遊手好閒、不務正業的無賴子，殺人越貨被官廳逼得走投無路時，就設法找鄉親中在宮裡當差、有點權勢的老太監拜門投師，甘願閹割，進宮當差以了殘生。

有的性情暴躁，案子逼得太緊，來不及按部就班拜門投師，咬緊牙根引刀一割，先做了斷。好在武清、河間告老還鄉的老太監不少，一聽說有人自宮（他們稱**自宮為大喜**），家裡有的是從大內帶回的宮廷秘方良藥，救人要緊，立刻給自宮人上藥止血，安上藥捻子，只要不招風，尿道不幽閉，就可以保住小命啦。

半年之後，體氣康復，然後再由介紹人攜帶進京正式投師，經過三勘一驗手續，就能充任學習太監了。所謂三勘是由內務府一勘，南三所二勘，敬事房三勘，最後一關還得由刀兒匠驗明無訛，具結呈報，到此算是全部通過，才有資格進宮當差。

刀兒匠就是主持閹割的師傅，雖然歸內務府管轄，可是宮裡大小太監對他們都特別恭維客氣，管他們尊稱古拉。刀兒匠是口傳心授的師徒制，要經過三年的隨習，等到心領神會，師傅才肯授刀正式操作，到了學滿五年才算出師。滿師後給師傅效力五年，就可以承襲古拉職位。老古拉有了傳人，就可以告退出宮廷，安享晚年啦。

打算自動出家的最小只有七、八歲，那時候天真未鑿，多半是家裡人貪圖富貴，慫恿他當太監的。最大的也不過十七、八歲，沒有超過二十歲的。這些半大小子想當太監，百分之百都是出於自願，很少是聽了別人攛掇去當太監的。

打算自動出家的，不管七八歲或是十來歲，都是由家人、親友介紹攜帶來北平。首先要投奔有頭有臉的太監，經他認可之後，結為親家，叫做認親。隨即把人帶進大內南三所住下仔細察看，同時就有勸善太監來說教了。

首先闡說，當了太監之後，儘管可以衣食無憂，邀天子之幸，能夠大紅大紫，安富尊榮。可是淨身的剎那，生死間不容髮，等於孤注一擲不說，此後永遠斷絕男女之私，這種犧牲未免太大。到了後來雖發達，可是此恨綿綿，成了終身憾事，沒法兒補救啦。這類話用不同語氣、不同方式，掰開揉碎的反覆勸說，真有經過三四個月勸解，心一活動知難而退的，太監們好像有一筆公款，從這筆款項提出若干銀子遣送回籍。這種錢還有個名堂叫助善費，不過這類人究係少數。

凡是意志堅決、屢勸無效的人，最後還要請古拉再徹底勸一次。如果真是一心想出家堅定不移，這時候刀兒匠會同乾清門侍衛人等，護送他出宮，到刀兒匠住所調息，如果沒有侍衛護送，此人是重大刑案追緝的要犯，一出宮禁，官廳捕快可能就要動手拿人啦。準備出家淨身的人，除了每天增加飲食的營養外，還要吃些益中補氣藥品，讓體氣充沛耐勞，施行手術時可以減少痛苦，手術後早日康復。等身體日趨健壯，開始逐步管制流質的飲食，最後甚至於湯類、茶水完全禁絕，只能吃點乾糧，因為手術之後，最怕小便頻仍，延緩了癒合的時間。

接受手術是在一間密不通風的暗室，閹割之前，人躺在床上，手腳都要緊緊的綁在床柱上。然後在生殖器周圍塗上麻藥，用絲繩兜全縛好，絲繩繞到房樑一個轆轤上，由經驗老練的古拉，用犀利的圭刀（藥鋪專用的一種小刀）閃電似的齊根一割，手法好的既乾淨又俐落，所有外在器官，立刻脫體。旁邊助手也要快速配合，把離體殘具用轆轤吊開，以乳香、沒藥一類防腐劑摻拌，立刻擱在預先準備的小瓷罈裡，外面套上一隻楠木匣，匣子上寫明出家人的姓名、籍貫、年齡、淨身時日、哪位古拉操刀、引禮太監是誰，然後把這木匣送往所謂「懷安堂」列冊編號存放。

至於受閹割的人，雖然事先上過麻藥，可是當年的麻藥效力太差，一刀之下，自然是痛徹心脾，立刻昏厥。等人甦醒，已經局部止血消毒，通上藥捻，敷上止痛生肌的藥麵兒，初步手續算是完成。

受閹割的人移往溫室，要住滿一百天，即可復元。在最初的幾天，傷口痛又不准進飲食，當然痛苦不堪。大約過五六天，古拉就來啟捻子了，他把插入傷口的藥捻子起出，如果立即放小便，那才算功德圓滿撿回一條小命，否則尿道幽閉，十之八九難以活命。據說閹割太監，每年只舉行一次，從七月初一開始，每天不過三至五人，到了七月三十晚上一燒地藏王菩薩夜香，就要截止；再有人想當太監的話，只有明年再說啦。

清朝自入關定鼎，最初一些太監也想沿襲前明司禮太監、秉筆太監的歪風舊例，事無大小准許太監上摺言事。當順治登基大典，第一次頒詔，賜筵廷臣，就有內監隨班叩拜。那時有位給事中郝傑參奏了一本。隨即有了上諭：「自古刑餘宦寺，僅供灑掃使令，嗣後嚴禁具奏言事，朝賀大典，內監更不得入班行禮。」所以清朝的太監無論上邊如何寵信，也沒敢專摺奏事的。

可是有一例外，就是太監臨終，准其具摺申請復體歸葬。這類摺子向例皇上批，一律送請皇后裁示，究竟是何時何人立下的規矩，因為年代久遠也就無從究詰了。復體獲准，就由死者家屬憑批向懷安堂領回，連同木匣一齊附葬。北平故老傳說，如果死去的太監沒能以殘具附葬，來生必定是一個乾綱不振的雌男子，不會生男育女的。這種鬼話也只好姑妄言之、姑妄聽之了。

在故宮中左門箭亭南邊，有一座極不起眼兒的三間小屋，圍在一個小小院落裡，太監們稱之為懷安堂，既無匾額，又沒標誌，那就是太監們收藏殘體的所在。堂屋正中設著兩座牌位，後大前小，後座供的是大勢至尊王菩薩，前座供的是史晨大師。究竟史晨大師是何方神聖，管香火的老太監只說是祖師爺，也問不出所以然來。四周牆壁，都嵌有木雕長方小格，整齊劃一，有如臺灣各寺院供養的長生祿位牌的格局，一燈如豆，光線晦暗、陰森難耐，誰也不願在屋裡多事瀏覽。

民國二十三年春天，筆者陪著幾位南方朋友去逛故宮，出了中左門居然無意中摸到了所謂懷安堂，院裡樹影蕭蕭，驚鴉磔磔，令人不禁有蕭瑟之感，同時也想到幾千年的刑餘閹宦，算是隨著君主皇權也一同埋葬了。

自從來臺之後，在屏東偶然間發現兩個有異常人的老人，雖然身軀偉岸，可是脣口不榮，毫無鬍鬚，滿臉皺紋，跟老太婆一樣，聲音笑貌完全女性化。當時斷定他們可能是兩個太監，後來經由榮家主任岳峙兄證實，他們果然是以榮民身分，在榮家就養的。

在民國十一、二年，上海猶太富商哈同跟他夫人羅迦陵花甲雙慶，到北平避壽，忽發奇想，在北平徵集了十幾名內廷或各王府的太監，帶回上海愛儷園擔任飲宴、灑掃、蒔花、養魚的工作，這兩個太監就是愛儷園易主，輾轉隨軍來臺僅存的兩個古董人物了。

關於太監的傳說非常之多，俗有三年一小修，五年一大修的傳說，說是恐怕手術不佳，沒能除根，所以每隔三年必須察驗一次，看看是否有凸肉長出，長則再割。《黃帝內經‧靈樞》〈五音五味〉記載著：「宦者去其宗筋，傷其衝脈。」宗筋既去，豈有再生肉芽之理。至於太監娶妻，明朝黃瑜著的《雙槐歲鈔》〈椓人妻〉一條記載「宣德中賜太監陳蕪兩夫人」，太監有夫人，不但是正大光明，出諸皇帝賞賜，而且一賞就是兩位。

以筆者所知，太監娶婦，倒是確有其事，當年在北平舍下緊鄰小門趙家（後改華興公寓），就是一位頗有名氣的告老太監，不但娶有太監大奶奶，還有若干誼子、誼女、丫環、廚子一大群。太監大奶奶有時站在門口跟舍下女僕閒聊天。據說自幼淨身，是尚未發育的兒童，一掃而光，自然性慾全無；到老富而多金，總覺空虛寂寞，成家立業無非享點家庭溫暖，娶個家室，也無非操持家務、漿洗、縫綴而已。至於傳說太監近女，每每手掐口齧，汗出方止，變態發洩。半路出家的或許有此可能，實際就不清楚了。

另外查慎行的《人海記》記載，〈周后田妃〉文裡有一段曰：

帝每日召貴妃（指田貴妃），妃例御鳳輿，由小太監舁之而來，是日舁者改為宮婢。上問故，曰：「小太監多恣肆無狀。」叩其實，曰：「坤寧宮（周后所居）小太監狎宮婢，故遠之耳。」上色動而搜其處，獲得狎具，蓋宮婢各有太監為膩侶，所謂「對兒」也，一名「對食」。上驟怒，立遣諸小太監，中宮因懟恨成疾，嘔血。有老宮人曰：「田妃宮中，獨無對兒乎，亦可搜之。」已而果然，上疑始釋……

由以上這段記載來看，當年後宮太監跟宮女的風流韻事是層出不窮的。不過依據晚清幾位歷任內務府大臣奎俊、世續、耆齡，他們都認為晚清的後宮比前朝乾淨多了。太監跟宮女的對食，因為及齡宮婢隨時遣嫁出宮辦法，加上關防嚴密，不時搜查，雖然不敢說弊絕風清，可是這種傳說，到了清朝可就少而又少啦。

又有人說，北平城裡另外有一種太監專用的澡堂子開設，可能那是揣測之詞，這件事筆者曾經跟故都父老打聽過，誰也不知道太監澡堂子開在什麼地方、叫什麼名字。可見那是想當然耳，其實未必有之吧。倒是民國初年，時常看見袍子馬衿、足登假靴、穿戴整齊的人匆匆走進官廁，先找牆角，從靴筒子裡掏出一雙竹筒，撩衣就牆角小解的，這就是太監了。太監入廁尚且是入男廁，要是太監有專用的澡堂子，他們又豈肯裸露下體，給擦背修腳的看？

去年有一件來自新加坡的電訊說，新加坡正在考慮立例，對屢次做出強姦行為的犯罪份子，處以宮刑作為懲處。不過依據古代羅馬人閹割方法去做，還是照當年埃及僧侶閹割奴隸所用的閹割術執行，兩者何種為是，尚在猶疑不決。將來如果此案真能通過立法程序，豈不是又有摩登太監在亞洲出現了嗎？

印泥

現代書畫名家，寫字、作畫有幾件最苦惱的事：第一，想找幾張著色著墨得心應手的好紙，真是千難萬難；第二，除非您有製筆的高手朋友，特別訂製，否則想買幾枝揮灑自如的筆也是很困難；第三，凡是凝厚深潤的好墨、老坑硃砂、色彩精煉的石青石綠、靈秀澹蕩赭石藤黃，都成了可遇而不可求的瑰寶了；第四，是跟書畫關係極為密切的印泥。在清末民初能得到極品印泥，已經是稀世珍寶了。至今想要找幾兩不沾不滯，磨而不磷，沉純不火，歷久彌新正硃或深紫的好印泥，比前面三項更是難上加難啦。

我幼年時，在書房上學，除了念誦默背之外，看書還要加以圈點，也是重要窗課之一。一開始先看《史記》、《漢書》，用的是江南官書局大字本，全書不別句讀，看書的人要一邊看，一邊點句。文具盤裡擺滿了比牙籤長一點象牙牛角的點書圈，有單圈、雙圈、三圈、套圈、萬子、梅花、三角、方勝等等。第一遍看用單圈，第二遍看就點雙圈或套圈，總之，每看一遍換一種不同式樣的點書圈。所用的印泥，無非一般南紙店賣的所謂上等八寶硃砂印泥，裝潢倒都是細瓷燒的山水、花鳥、仕女圖樣印色盒，比起現在臺灣市面上賣的紅漆鐵盒上頭貼著「硃肉」兩個字的印盒，那要細緻典雅多了。雖然印色盒挺講究，可是盒裡所盛的印色未見高明。印色用不了三幾月就乾了，再加調印油，那可糟啦，夏季天熱，不論怎樣揉攪捲翻，看起來表面上泥油勻稱，兩者交融，可是用起來格格不入，不潤不沾。冬季天冷，就是加倍翻拌，泥油依然兩不相契，油印殊途。有人說，冬陽一曝，必定可以調和融化，如果趁著印泥未涼，尚可使用一時，等熱氣一過，泥油化分，泥硬油汪，整盒印色簡直報銷啦。

本來想專心一致好好點幾頁書看，讓印泥不趁手一攪和，看書的興趣頓時飛到九霄雲外。於是想到何不針對這些毛病、缺點，自己製點印泥來用呢？說來容易，做起來可不簡單，雖然累次試製都不理想，可是始終未曾氣餒。

先伯祖秋宸公當年服官浙江吳興（湖州）的時候，幕府中有位老夫子鄢慕淵，雖然年紀很輕，他可是祖傳擅製印泥的高手。因為賓東相處十分融洽，先伯祖卸任返平的時候，他把自己悉心調製的極品八寶藕絲印泥，一硃一紫，大約各有四兩，放在一隻仿定窯，有蓋白定長方雙格印池裡，外面用一隻紫檀木織錦裡帶提樑的套匣相贈。匣蓋外面並且用隸書刻了「用行捨藏」四個字，風骨清勁，精練脫俗。不但印泥是燦若丹霞的極品，就連印盒、印匣也是文房中稀有的珍玩。在下看書點書雖然苦於印泥惡劣，幾次拿出觀賞，由於珍視先人遺物，始終沒敢拿來點書。因此更堅定了想試製合用印泥的決心。

當時聽說杭州西泠印社有兩位製泥高手，可是南北遠隔，只有徒殷結想而已。到了民國二十一年，舍親李栩厂組織軒渠軒詩鐘雅集，有一次在故都名金石家壽石公寓所舉行，在座有位張志魚先生是位竹刻專家，並且擅長製泥。據他表示，他製印泥是經過海曲鄒慕淵指點。我聽到這消息，簡直欣喜若狂。後來經過志魚兄的引介到宣外永光寺中街鄒老的寓廬求見。慕老極為念舊，知我是秋宸公侄孫，又是虔誠求教而來，欣然答應。

累次，慕老把取硃、飛硃、乳硃、理艾、製油配合種種心得都不厭其詳的解說，讓我一一抄寫下來。慕老說：「『泥封』就是印泥前身，漢朝官文書就開始使用了。所謂封泥是一種微含紫色的強力黏土，等公文信件用繩索捆紮好了之後，用一塊稀釋的封泥，跟繩索包黏牢，就用印章在封泥上捺印，等到封泥凝固硬化，就會和繩索結成一體，若是收件人收到封泥文件包裹，而封泥崩裂剝落，那顯然是有人私拆了。後來歐洲各國國際外交文件上使用火漆固封，跟封泥的用意完全相同。

自從蔡倫發明造紙，很快公私文件、奏章、函札一律改用紙張，封泥因此不合實用。於是有人研究把硃砂研成細粉，用水調勻，塗在印上，再轉而印到紙帛錦絹上，比起最初使用封泥又簡便多了。不過水調丹砂，一定要塗抹得十分均勻，否則模糊難辨反而增加困難，於是古代監印官員必須經過相當訓練，才能得心應手。所以從漢唐到明清大官到任，都要攜帶監印人員。

到了漢末唐初，有人研究出一種新的方法，改水調為蜜調，不但著硃勻淨高潔，而且濃豔殷紅，色彩持久不褪。後來又有人發明改用油調新法，把油調硃砂拌入千錘百鍊的艾絨裡，就絨拓硃印在紙絹之上，歷代相傳一直到目前仍然沿用此法。

談製印色方面，自然是以硃砂為主要的原料，所以要得極品印泥，首先要精選硃砂。中國硃砂以湖南辰州所產的硃砂為最好。硃砂又有老坑、新坑之分：顏色發紫、色不染紙的是老坑砂；顏色鮮豔、色易染紙的是新坑砂。名稱有箭鏃砂（俗名箭頭）、豆砂（俗名豆瓣）、劈砂、末砂、和尚頭幾種。箭鏃是硃砂中極品，豆砂大小如同黃豆，跟劈砂都算硃砂的中品，末砂夾雜有碎石，和尚頭色澤紫中帶黑，屬於次品。又有一種煆炙過的硃砂，紫而不鮮，外行一看，以為上品，其實過久變黑。宋代開禧、德祐兩朝鑑賞歷代書畫所蓋玉璽，後來都呈現黑紫顏色，就是印泥所用是炙過的硃砂。

極品硃砂不但顏色鮮紅，而且隱泛寶光，先用燒酒搓洗乾淨，在太陽下曝晒乾透，入藥臼碾細，用擂缽慢研，略粗的另用細篩篩過再研，總之，越細越好。然後取出放在乳缽裡加入廣膠水再研，膠水的多寡，那就要看個人的手法了。然後再加滾水跟膠水等份，擂十幾二十下後，把漂浮的硃砂撇到瓷盆裡。打底硃砂加膠、加水再研，把浮起的硃砂，一次一次撇到瓷盆裡澄清，表面會浮起一層黃膘，用涼水再淘，看黃水淘淨晒乾，不要浮砂、底砂，專留中間菁華備用。這種硃砂叫做砂棟，晒乾了就可使用，可是千萬不可有塵土羼入。這是製印泥最基本而且最重要的工作，這個方法叫「乳硃砂法」。

製印泥自然是用硃砂最好，如果沒有硃砂，也可以用銀硃代替。銀硃是福建漳州汞煉過的最好。先用泉水把銀硃淘洗，銀硃裡所含的油質經過洗滌自然會漂在水面，細心把浮油撇去，等銀硃晒乾就可應用。有一點要特別注意，硃砂製的印泥不可摻入銀硃，銀硃製的印泥，也不可以摻入硃砂，假如兩者並用，印色也會變黑。這個方法叫「飛銀硃法」。飛銀硃的水，以山泉為最，河水次之，井水又次之，雨水、礬水均不能用。

製造印泥主要原料除了硃砂或銀硃外，還有一樣是艾絨。河南湯陰產的叫北艾，浙江四明產的叫海艾，湖北蘄州產的叫蘄艾。理艾的方法首先摘去梗蒂，用篩子篩掉碎屑，專留艾葉，用棕繃搓揉，把艾葉外衣褪盡，再用乳缽磨研。為恐艾衣尚未褪盡，再用小繃弓彈打，把剩餘艾衣、艾葉筋絡彈去，然後用石灰水浸泡七、八天，另換清水微火煎煮一天一夜，連續換水榨去艾葉黃水，到黃水變成透明，把艾葉乾透，再篩、再彈，艾葉裡的黑心就可以全部去盡，大約一斤艾葉，最後僅能得到艾絨三至四錢，才算合格。

此外木棉、燈芯、竹茹、藕絲都是可以用來製印泥的。不過棉花性軟，燈芯莖剛，竹茹體滑，藕絲柔弱，都不如艾絨。近來有人提倡用藕絲，那要特別加工，如果加工不當，反而不如艾絨。調製印泥的油，茶油、蓖麻子油、胡麻子油、菜油都可以使用。茶油清冽，歷久不膩。蓖麻子油厚重，好處是著紙不滲。胡麻子油性浮，合色較差。菜油色黃，性滯易滲。不過茶油煎煮，手續過分繁複，一不小心就全盤失敗。所以現在煎油只採用蓖麻一種，雖然比用茶油手續稍簡，可是不會失敗。

蓖麻又叫草麻，霜降後選足粒的蓖麻子晒乾，放在避塵透風的竹籃裡，等到第二年取出，先把蓖麻子用石舂搗碎，榨取蓖麻子油備用。

蓖麻子油五斤、純淨白芝麻油一斤、藜蘆三兩、豬牙皂二兩、炮附子二兩、乾薑二兩、白蠟五錢、藤黃五錢、桃仁二兩、土子一錢（以上藥物中藥店均有售），共同倒入一瓷質容器裡（忌用鐵器）滾沸四小時，然後改用文火煨熬三天三夜，把渣滓全部濾淨，剩下的油汁，貯入有蓋的瓷罐，埋入陰涼土下三尺。陰冷十天後將罐取出再晒，夏季晒三天，冬季晒六天，等剩餘水氣完全消失，就可備用了。如果煅油一時用不完，將罐口嚴密固封，隨時取用，只要保存得好，不沾灰塵，可以百年不壞。凡是精製印泥，十之八九都是用這類煅油製成的。（鄢慕老當時把收藏調製好的印油慨贈十多兩，使得筆者後來調製印泥，省卻取油、煅油最麻煩的手續，而獲致意想不到的效果，製成絕妙的印泥。）

一切原料都準備就緒，最後一道手續就是調合印色了。製硃砂或製銀砂一兩，製油二錢四分，寸方金箔六張，加入煆油少量，以能拌合為標準，放在乳缽裡，由裡向外順研，研到油不浮、砂不沉為最低尺度。如果能多研，遍數越多，顏色越鮮豔，而且不褪色。加入製過艾絨，順研三百匝，放在闊口細瓷器皿裡，上蓋玻璃板晒五至七天，因為硃、艾、油三者剛剛調和，短時間內彼此尚不相融混，常用竹製或竹骨扁簪隨時翻騰拌攪，再經三個月後，硃、艾、油三者才能相混相合，則綝纚耀彩，彷彿胭脂初染才算大功告成，製成極品印泥。」

請想，製泥選料已經如此困難，調製又如此繁雜費時，所耗精神氣力更是無法估計，而且識者越來越少，年輕人誰還肯耗費精力去鑽研這些老古董的東西呢？想不到我居然毫不憚煩，潛心求教，又是故人之子，所以慕老才願意把畢生經驗傾囊以告。慕老後來並且把珍藏的煆油、艾絨舉以相贈。

筆者幸得表兄王雲驤的幫助，照慕老的指示，一絲不苟的製成印泥九兩，飛紅染紫，絢練雄沉，果然算得上是印泥中精品。當年故都畫家霜紅樓主徐燕蓀、花鳥名家陳半丁、湖社金潛厂金陶陶兄妹有了得意佳構，時常到舍下來借用印泥。其中徐燕蓀因為筆下快，產品多，所以借泥次數也多，專賣宋元花鳥的于非厂時常俏皮說徐燕蓀是「揩油畫家」，就是指此言。

可惜當年來臺倉促，這一罐經過名家指點精心煉製的印泥沒有帶出。近來偶或在南北畫廊看見有若干書畫名家大作，圖章也頗有章法綿密、神韻入古的，可惜間有一部分所用印泥麤澀晦暗，所以不由得想起我那罐寶貝印泥。現在在臺灣想物色幾兩上好印泥，恐怕是可遇而不可求了。

紫禁城的小掌故

紫禁城是北平全城的中心，周圍六華里見方，四面各有一座城門：南叫午門，北叫神武，東叫東華，西叫西華。

紫禁城自從宣統出宮，成立故宮博物院，大家就叫它故宮了。故宮是中國有名的建築，建築藝術水準很高，在全世界建築界都佔有極崇高的地位。過去曾有人形容它是「鬼斧神工」。北平民間傳說，說它是明朝劉伯溫設計監造的，而且有神仙幫助，並且把劉伯溫也形容成亦人亦仙的人物。

根據史書的記載，明初興建故宮主要的設計人有楊青、蒯福，負責施工、監工的有馮巧、徐杲、陸賢、張祥、阮安（當時交趾，現在越南人）、蒯義、蔡信等有豐富經驗的優秀建築工匠，歷時十四年才全部完工。到現在已經五百六十年，明清兩朝一共有二十四位皇帝在故宮裡住過。

天安門前的石獅和華表

天安門在明成祖遷都北平的時候建立，命名「承天之門」，朱色宮牆，中間聳立一座黃瓦飛簷、紫宸丹陛、莊嚴雄偉的三層九洞城樓。落成不久，忽然不火自焚。欽天監查奏，整座紫禁城都在正子午線上，午火太旺，要在御花園真武玄天大帝殿前加築一道天一門，天一生水，就可以收水火既濟之功啦。後來明憲宗重新修復，改稱承天門，果然在真武殿前加了一道天一門，用來震懾午火。

闖王李自成攻陷北京，在承天門前棋盤街跟明將李國楨血戰一場，把承天門又縱火燒毀，天一真水仍舊沒能壓住強烈的午火。闖王從承天門進入皇宮之前，禱告上蒼，如能榮登九五，從承天門一箭應當射入五鳳樓，結果他彎弓一矢，射中了御河橋畔右邊石獅子左脅，箭鏃深入四、五分，箭眼四周還有火燎的焦痕。當年闖王所用的長箭，箭鏃上想必敷有火藥，不然再大的膂力也不會有一箭穿石、箭眼燒焦的道理。

到了清順治年間才重新改建，改名天安門。天安門有兩對華表，金水橋前一對，天安門裡城樓還有一對，都是用中國特產漢白玉石做的，渾圓挺健，直上雲表。通體雕刻著繞柱盤龍，頂端橫貫「朵雲」，柱頭承有石盤，各踞坐著一隻叫做「犼」的異獸。天安門裡的犼面向北，稱為「望君出」，是表示它在那裡等待君王由後宮出來升殿親理朝政。天安門外的犼面向南，稱為「望君歸」，是表示它等待君王外出還朝。石柱底部有綝縭耀彩八角形石座，四面用石欄圍繞，也都刻滿蜿蜒繚繞的行龍，滿洲話叫「飛丹」，就是宮殿前所陳設的儀仗的意思。

傳說在漢朝華表也叫「桓表」，本來是木材做的。柱頭的上端橫貫十字木板，豎立在驛站橋樑前面，給行人指點方向。從遠處看，橫貫十字木板很像一朵大花，所以又叫「華表」。還有更遠的傳說：在唐堯時代，帝堯為了納諫，曾設立誹謗木，作為徵求大眾意見的地方，後來年深日久才演變成華表的。

午門的大典

作為故宮正門的午門，是一座高大雄偉的門樓，建築得謹嚴閎肆，淵穆雍容。當年在樓中設有寶座，左鐘右鼓，每逢皇帝臨朝視事，樓上就鐘鼓樂之，以壯威儀。這棟樓下是一個「凵」形漢白玉的月臺。臺上正中就是門的正樓，面寬九間，重簷「四阿」頂，月臺的四角，各有一座重簷的樓，和正中的樓合起來，一共是五座樓閣式的建築，因此才叫做「五鳳樓」。這五座樓之間都有閣道相連，成一整體。五座樓的屋頂一律鋪的是黃琉璃瓦，簷下斗拱、樑枋和室內藻井天花，都是明漆彩繪，奇裔敻絕，據說是全國宮殿建築最大的一座門樓。

午門前面的廣場異常寬敞，逢到朝廷有榮典覃恩聖旨下來，表示隆重，都在午門頒發。遇有征剿勝利班師還朝，也在午門樓上由皇帝親臨，舉行「獻俘」慶功的儀式。當年明武宗朱厚照生擒叛逆的寧王南昌朱宸濠，就在午門樓上舉行過一次空前盛大儀式。

明清兩為了顯示皇家尊嚴神秘，午門、端門、天安門、中華門（明朝稱大明門，清朝稱大清門，民國改為中華門）都列為禁地，平日宮門深扃，不能隨便開啟。皇帝每年冬至要到天壇去郊天，夏至要到地壇去祭方澤，孟春祈穀，皇帝到先農壇耕田，皇帝御龍袞袍服，率領侍從文武百僚，前呼後擁的錦幄儀仗，才大啟中門魚貫而行，以示隆重。此外皇帝御駕征討要出午門、天安門祭纛。皇帝大婚，皇后的鳳輦也要由中華門經天安門、午門進入內宮。所以當年隆裕皇后一來就跟慈禧說，奴才好歹是從大清門抬進來的，這句話對慈禧來講，是最犯禁忌的。

在午門、天安門還有一項最重大的典禮，就是「頒詔」。國家遇有慶典，例如皇帝登基、冊立皇后，都在天安門堞口正中設立「宣詔臺」，此時文武百官、耆老重臣一律跪在金水橋南，由一隻沉香木雕鐫絺繡煥彩的金鳳，口銜詔書徐徐下降，由禮部尚書托著「朵雲」承受，立刻馳送禮部用黃紙謄寫，詔告天下，這就是所謂「金鳳頒詔」。至於大眾平常聽到推出午門斬首，這是說書講古一句戲詞，明清兩朝殺人都在順治門外菜市口，午門之外豈有殺人之理呢！

明清以來，殿試考中的進士，要在天安門左門外張貼黃榜。殿試傳臚唱了鼎甲名次後，禮部官員捧著黃榜，從御道走出午門，把黃榜供在彩紮的龍亭之中，然後由鼓樂儀仗引導到長安左門外，在一席用蘆席現搭成的「龍棚」內，高貼黃榜，由欽點狀元率領新科進士入棚看榜。看過榜，由順天府尹給狀元等插戴金花，披上大紅彩綢，再到順天府尹衙門飲宴，這就是成為金殿傳臚、一舉成名天下知的新貴了。依據「鯉魚躍龍門」的俗語，科舉時代大家都把長安左門叫做「龍門」。有功名的人家，男孩兒開蒙上學校，大人總要帶著長安左門走一趟叫「跳龍門」，說是將來科場得意必定高中。

坤寧宮的子孫袋

內廷的位置是象形天地而建築的，所以乾清宮後面有交泰殿、坤寧宮。這是寓天地之交泰的意思。皇帝的玉璽、后妃們冊封，當年都是存放在交泰殿裡的。坤寧宮正殿是祭桿子拜神的地方。東暖閣則是皇帝舉行婚禮的洞房。殿上除了供奉神像外，還有一座小佛龕，龕內供著一位綠衫紅裙漢裝婦人，那就是大家都聽說過的「萬曆媽媽」。可是在喜床後面牆上還供著一座木偶，宮裡稱她為王媽媽，據說是送子媽媽。在她面前，還掛著一隻織錦的大荷包，又叫子孫袋，袋裡放的都是小孩戴過的金鎖片，這些鎖片都是清朝歷代皇帝小時候戴的。因為這座木偶有帳子擋住，大家不太注意罷了。

內宮的路程

凡是逛過北平故宮的，走過天街御路、深宮長巷，大概總看見過成雙論對一人多高的石座宮燈吧。在我們猜想帝國皇都，夜幕初張必定是星編珠聚、明燈煌煌的了。誰知內廷入夜除了正宮別殿炫炫晃曜、獨照萬端之外，其餘各處昏昏暗暗一片漆黑。

據說故宮的路燈，在明朝本來是用油燈來照明的，並且還有燈官，按冬夏時晷長短，訂定上燈、熄燈的時刻，專司其事。到了明熹宗時候，宦官魏忠賢跟熹宗乳母奉聖夫人互為表裡，擅專朝政。為了便於他深夜出入宮禁，避免旁人指摘，於是宮中各處禁止燃點路燈照明。到了清朝仍沿舊習，除了朝房以外都沒有燈火。大臣們早朝，天尚未亮，只好摸著黑兒走。只有晉爵親王、郡王的才有燈火引路，也只能到景運門、隆宗門為止。有一年恰巧遇上狂風驟雨，有一個書辦在黑暗之中竟然跌入御河裡淹死了。這也是宮裡不點路燈的一個小插曲。

御花園裡欽安殿

宮中有兩所花園，一是坤寧宮後邊的御花園，一是故宮外東路西側的乾隆皇帝的花園。乾隆在做滿了六十年古稀天子讓位給嘉慶以後，自命十全老人，就在這座花園頤養天年。乾隆花園建築歷時二十年才完成，它的特色是在不大的地方設置了若干景致，氣郁蒼蘢，清麗靜穆，頗能引人入勝。但是囿於地勢，地方不夠寬廣，而皇帝要求又太多，雖有良匠也無法展布所長，因此這座花園裡太湖石雖然山勢崔巍，嶙峋棋布，但整個布局則顯得堆砌侷促，令人有不夠流暢的感覺。

故宮御花園凡是去逛過的人都有一同感，除了絳雪軒一帶雲房水殿，丹臒彩繪，瑤臺清照，是官家小宴一個好去處外，其餘的亭臺閣榭，雕欄花檻好像布置得都毫無章法，令人詫怪。

據一位老宮監說：「御花園裡中央松柏參天有一座重簷方脊、頂安滲金寶瓶的欽安殿，殿裡供奉的是真武玄天上帝。在殿院的地上，東西走廊下，一邊有一隻巨大足印。相傳在明朝時候，一個夜裡忽然宮裡起了大火，玄帝突然顯靈，曾站在院裡救火，腳印便是他留下來的靈跡。明朝歷代皇帝不是敬神佛，就是信黃老，一切庭園布置都礙於欽安殿在園子中央，所以都雜亂無章。到了明思宗崇禎皇帝，雖然崇尚西法，不信鬼神，在崇禎五年，曾把宮裡各處許多佛像一律移到旁處，可是唯有玄帝的神座仍然供奉在欽安殿裡。從明到清五百年來，欽安殿的香火一直沒有間斷過。」從老宮監的一番話才知道御花園的雜亂是有來由的。

永和宮的鐘錶

乾清宮和坤寧宮是象形天地的。在它們兩旁，各有六宮，這十二宮象徵著天上的十二星辰。東六宮是景陽、鐘粹、承乾、延禧、景仁、永和。西六宮是啟祥、長春、翊坤、咸福、儲秀、永壽。清朝的皇后、妃子、皇子、公主都分別住在這十二宮裡。

清廷遜位、宣統尚未出宮的時候，因為宣統年幼，內廷的一切事務胥由端康皇貴妃全權主持。端康原住長春宮，因為永和宮殿宇寬敞，就遷宮永和。經過油漆粉刷過的永和宮自然顯得比其他宮殿明淨耀眼，等到紫禁城開放，就把永和宮闢為鐘錶陳列室了。宮裡鐘錶，多如星海，馳名中外的十七世紀英國製造的鍍金座鐘，樓下小人能寫「八方向化，九土來王」，樓上兩個小人扯開一個手卷，上寫「萬壽無疆」四個小字。這座鐘原來陳列在三大殿，未便移動，其餘凡是造辦處專為皇帝製造的精巧珍奇的鐘錶，都集中永和宮展覽。

造辦處所製造最大的鐘是更鐘。這個一丈多高巨型座鐘是沒有發條的，要走一段樓梯到鐘面上絞動幾個數十斤的鉛鐵錘，才能讓鐘走動。白天，它用響亮的鐘聲打點報時；夜晚，它用悠長柔美的音響報更。隨著鐘上標誌的變更，它能在任何季節把長短不同的黑夜分為五等分，這個鐘造成之後，同時代替了幾千年的日晷對時和夜間的更漏。不過造辦處自乾嘉以後國勢日蹙，就很少製造奇技精巧的鐘錶了。

還有一座廣東製造的「廣鐘」，除了能夠標明時、分、秒之外，在鐘上還能指示出農曆的節令，中國傳統星宿的命名——二十八宿列星的變化，四個季節地球赤道斜度的不同，以及日期、月分、星期等等。鐘的頂上有一小亭，裡頭有一朵三變花，交時交刻都能變化不同的花式，同時還能響起不同的音樂、不同的鳥鳴。

歐洲有一組參觀團，到北平之後，當然要逛逛故宮，其中有幾位是鐘錶業高手專家，看到那些廣鐘，不但感到驚奇詫異，而且得到了不少啟發，認為這些工匠技術都是超特級的。在永和宮還陳列著一座金色的「象馱戰車」鐘。它在交時的時候，前面滿披纓絡的大象，忽然動起來，鼻子和尾巴不停的搖擺，眼睛也在轉動。緩緩的拖著一輛純粹英國古代手車，車上的武士揮舞寶劍、盾牌，車廂裡面發出陣陣進軍鼓樂。這輛象拖戰車，每一小時走一次。

據考古家福開森說：「依據英國文獻記載，象拖戰車是英國一位巧手鐘錶工匠哈姆雷特，窮畢生心力研究製造出來的，一共兩座，全都呈獻英皇。英皇把一座作為報聘禮物，送給乾隆皇帝，另一座就在宮中玩賞。後來機件失靈，哈姆雷特去世，沒人會修，只得報廢。想不到送給中國的一座，倒還依時報刻，活動照常。」

其實在清朝乾隆、嘉慶兩朝，從英、法、比、瑞等國輸入的鐘錶，因為北平氣候特別乾燥，加之清朝帝王對於鐘錶都有偏愛，造辦處又派有專人每年加油保養，經過兩百多年時間，走起來都很正常，極少失靈的事發生，所以這些鐘錶都已成了稀世之珍，就連各國原產地也很難見到這樣的產品了。

此外，永和宮還陳列著不少八音盒，也是非常有趣的。有的能演奏十幾套樂曲，表達出鋼琴、提琴、喇叭、洋笛、鑼鼓、鈴、板等聲音。最妙的是有一隻八音盒用西樂演奏北平舊日小曲「媽媽娘妳好糊塗」的調子。每逢故宮東路開放，真有人趕在十一點到永和宮聽聽西樂伴奏中國小曲的（**故宮鐘錶音樂**）。

中南海的掌故

中南海在清朝的時候叫西苑，是中海和南海的總稱。中海的範圍比較小，又和南海毗連，所以後人就把兩個海合稱中南海。中南海裡邊有不少富麗堂皇的宮殿，如居仁堂、懷仁堂、紫光閣等。懷仁堂原名佛照樓，就是歷史上有名的儀鸞殿舊址。儀鸞殿是光緒十四年建築完成，原是給慈禧建的避暑夏宮。光緒二十六年拳匪之亂，八國聯軍侵入北平，聯軍統帥瓦德西就住在儀鸞殿，將殿內寶物珍玩洗劫一空，又用掩耳盜鈴的手法，把儀鸞殿付之一炬。後來慈禧從西安回鑾，又在儀鸞殿原址重修了一座宮殿，命名佛照樓，比起當年的儀鸞殿更見典麗高華。當時有人詠佛照樓云：「天半燈搖紫電流，玲瓏閣殿仿歐洲，卻因一炬西人火，化出繁華佛照樓。」辛亥革命洪憲竊國，把佛照樓改名懷仁堂，因樓宇軒敞，布置穠縟新麗，又有一座富麗豪華的舞臺，於是懷仁堂改為接見外賓、元旦受賀的公廨。當年余叔岩擔任公職，就是在懷仁堂當差。民國初年，總統府每年總有幾次盛大堂會，九城名角網羅靡遺，行頭都是嶄新的，戲碼更有意想不到的安排。當時北平人認為能進中南海聽一回公府堂會，不但大開眼界，那簡直是至高無上的享受。

紫光閣，原是明武宗的平臺舊址。平臺是明武宗時代檢閱衛士們跑馬射箭的地方。因為平臺在太液池邊，每逢五月端午，皇宮便在平臺欣賞內侍競賽龍舟。到了清朝乾隆年間才廢臺建閣，題名紫光。每逢舊曆正月十九日，乾隆就在此閣設功臣宴大宴勳舊，因此前人所詠紫光閣詩，有「紫光臺閣比凌煙，自古奇勳在定邊。」

此公可算把乾隆的心事猜透。清朝梁章鉅在他的《南省公餘錄》曾經記述，紫光閣落成後曾在那裡舉行過兩次殿試，究竟是哪兩科，因手邊無書，沒有法子查明了。

隆宗門的鐵箭鏃

凡是逛故宮西路，經過軍機處的，都要往屋裡望一下。如果不經導遊說明，誰也不相信這幾間仄隘的光線不足小屋，就是晚清百餘年研訂軍國大計的處所。

軍機處就在隆宗門裡，後進正中的就是養心殿了。隆宗門右邊抱柱上面，插著幾枝三尺多長鐵箭鏃。據說嘉慶十八年天理教教徒有個叫林清的，趁著仁宗出獵熱河圍場時，勾通幾名內監，襲擊宮城，由東華門、西華門分成兩路進攻，西路攻擊猛烈，守衛不支，直撲隆宗門，但這個時候隆宗門已經緊閉，林的部眾打算爬過宮牆，攻奪後宮。這時旻寧（後來的道光）還是皇子，率領侍從守在養心殿，用鳥槍應戰。彈藥不足，他急中生智，把馬褂上的銅鈕釦摘下來當子彈射擊，居然把林清擊退。隆宗門柱子上幾枝箭鏃，就是當年的戰跡。後來禍亂敉平，嘉慶諭知內務府，隆宗門上鐵箭鏃永久保留原狀，以示後世子孫，知所儆惕。

中南海沒有榆樹

中南海樹木蓊鬱，而且各種樹木應有盡有，非但是中國花木俱全，就連日、韓、南洋、歐美各國新奇的花草也都廣事搜羅，種在那裡。然而，最奇怪的是：中南海地方那麼大，樹木那麼多，可是走遍了中南海，卻找不出一棵榆樹來。追究原因，這裡邊確有一段有趣的故事。

原來榆樹是一種高大喬木，每到春天，樹上便長出榆莢來。榆莢就是榆樹上所結的種子，一片片的叢生一起，因為它的樣子是圓的，很有點像古時的小銅錢，所以北方人又管它叫「榆錢」。因此榆樹在北平人心目中是一象徵吉祥財富的樹木。

可是榆樹每到春末夏初，樹上生一種毛毛蟲。這種毛毛蟲，周身長著很堅硬的細毛。倘若是人在無意中碰到它，便會被它身上細毛刺痛。據說當年有一天，慈禧太后在中南海裡賞花，當她從一棵老榆樹下經過的時候，有一條毛蟲正巧掉在她身上，當時她自己跟那些宮眷命婦，誰也沒有發覺到這條小毛蟲，直到太后的手被毛蟲螫痛。大家一追查小毛蟲的來源，結果找出小毛蟲是從榆樹掉下來的，為了避免今後再發生這種事情，於是把中南海裡所有榆樹砍光。一直相沿下來，中南海裡什麼樹木差不多都有，唯獨沒有榆樹。

太廟換土種樹

天安門左邊是太廟，右邊是社稷壇。民國肇建，太廟改為太廟公園，社稷壇改為中山公園。太廟在明朝本是皇室家祠，初建於明朝永樂年間，當時廟堂高聳，簷牙磔豎，可惜就是沒有樹木點綴其間。永樂皇帝就指飭在廟內廣植松柏，希望鐵幹蒼鱗，鬱鬱森森，顯出宗祠的淵穆沖和。不料，種植的喬木玉骨輕盈，鑽蹶枯索，無一成活。永樂大怒之下，便把監工、花匠一律治罪。後來再植、補植，依然枯萎。最後經過有關人員詳細研究，才發現太廟土質是砂礫地，種植樹木根本沒法向榮。於是下令「換土」，把皇城東北角的民房拆去，將地基上的好土挖出倒在太廟裡，再把太廟的砂礫土挖出來，倒在民房基地上。如此一拆換，太廟的土壤固然好了，然而地安門以東、東安門以北一帶的民房，變成了大沙堆。後來北京大學校本部紅樓所在地叫「沙灘」，就是換土以後改名的。請想皇城附近既無河流港汊，哪裡來的沙灘？史書上雖無記載，相信這種傳說，可能不假。

太廟裡砂礫全部換成壤土，朝廷官員們為了討好永樂，便向皇帝說：「陛下洪福齊天，花匠全靠主上洪福，陛下如果先種一株，種後花匠跟著種，樹一定能活。」永樂帝試種一株龍柏，讓大家隨後跟著種，這次種的果然全種活了，愛拍皇帝馬屁的文武百官都說是「萬歲爺洪福感召」。永樂帝自然龍心大悅，把自己種的樹封為「樹神」。

民國初年清史館一席設在太廟兩廡，當時館長是趙次珊（爾巽），他由總督內調尚書，曾經扈從太廟致祭。他說：「琉璃門西邊種第一行第一株氣勢雄偉、矯若蒼龍的柏樹，就是當年永樂手植的『樹神』。明清兩朝皇帝祭太廟時，都在這株樹兩邊下轎，表示對樹神的崇敬。」

明思宗時候，李自成攻陷北平，棋盤街之戰，太廟也遭焚毀。到了清朝初年又加以重修，前殿是明十一間，暗四十四間。就前面十一間，後面四層勾連搭，共四十四間。這四十四間大殿的樑柱木料，都是最珍貴的沉香木，其餘的建築材料也都是金絲楠木。太廟也成了清朝供奉神主的地方。太廟金水橋邊，琉璃門外，宮苑隱隱萬木湧翠，北平有名的候鳥灰鶴，每年春來秋去，數百年從未改易。

香水瑣聞

筆者雖然愛紅無癖，可是對於香水，自幼就有偏嗜。

當民國八、九年上海家家正在大吃蠶豆的時候，忽然法租界、公共租界的清道夫為了工資問題，在英法租界聯合罷工。於是街頭巷尾到處堆滿蠶豆外殼，三天一過，豆莢腐爛，發出一種極難聞的惡臭。我當時不但不敢上街，就是坐在家裡，一陣陣臭味襲來也是噁心欲嘔，影響食慾。幸虧當時上海著名西醫臧伯庸送了我一瓶防疫香水，擦在耳頸之間，臭味固然聞不出來，同時這種香氣歷久彌香，能維持三四小時之久。從此我對香水就發生了高度的好感了。

中國古代是沒有香水的，貴族婦女衫裳衾裯都是採擷芬芳藥料，用宮薰手爐焄香避穢。這個薰香方法，歷史悠久，見諸於古籍的，有「漢雍仲子進南海香物供內廷之需，拜涪陽尉，時謂之香尉。」。足證衣袂薰香漢已有之。至於蒐集花葉果實樹皮，或用蒸餾，或用浸漬溶於酒精的香水，那都是原產泰西，漸漸輸入中土的。

香水是什麼時候傳入中國的呢？有人說是元朝，有人說是明朝，因為年深日久，已不可考。只知清朝同治吳嘉善彙刻的《白芙蓉叢書》裡有段記載，說到香水、香精是歐西製產，元世祖進軍羅馬帶回的戰利品，有數十種之多，其中高級品馥郁襲人，能夠彌旬不歇。分儲琅玕雕麗、珌佩明璫的玻璃樽罄，頒賞寵幸後宮妃嬪佳麗。流風所及，貴族豪門先知道使用，久而久之，一般民間婦女也漸漸有人擦香水抹香精了。

香水是怎樣製成的？整天擦香水的名媛閨秀，雖然知道製造香水手續特別繁複，價格異常高昂，可是十之八九，並不知道製造過程的精細繁劇到什麼程度。耗用鮮花香草數量之多，到原料以噸計、成品論磅裝的程度。

舍親范冰澄先生，當年在同文館俄文組畢業，又到帝俄時代的烏克蘭帝大研究外交，同一宿舍裡的一位學友是白俄的貴族，雖然研讀化工，卻專攻香水製造，準備畢業之後，專管宮廷香水配製，也就等於明司香尉一樣。不過在帝俄這種職位是世襲的。范與此君氣味相投，耳濡目染，自然對於香水製造也無形中知道了若干高度技巧，同時對於香水氣味的辨別，更養成了深邃的修養。

據范公說：「在莫斯科王公伊凡三世宣布自欽察汗國獨立，自稱俄羅斯王朝，以迄羅曼夫王朝，歷代俄皇都是嗜香有癖的。法蘭西是以製造婦女使用香水馳名全球的，而俄羅斯出品多半是供紳士們使用居多。在一般社會裡，還不知道俄國香水勝過法國，可是，在國際高等社交場合裡，大家都知道俄製男用香水是稀世之珍呢。最初製造香水所用基本原料離不開各種芳洌香花精液，俄國雖然橫跨歐亞兩洲，可是境內大部分地區屬於寒帶，雖然有幾種奇花異卉是屬於寒帶特產，可是一般作為輔佐填充的芳香花液，產量有限，所以俄國香水雖然芳蕤馥郁勝過巴黎所產，因為產量稀少，反而其名不彰了。」

據說俄皇彼得大帝是最喜歡使用香水的一位皇帝，僅僅用於擦抹鬍子的御用香水，就有二三十種之多。其中有一種叫「多麗佳」的鬍子香水，是俄皇最寶貝、最名貴的高級香水，一磅成品不折不扣要用一噸香花才能做成，酷寒地帶這種名貴的花朵都是在溫室裡培植的，雖然這種花朵比熱帶所產香濃味永，可是油質又比熱帶反而少了許多。請想，這種香水耗料太多，產品又少，價值還能不貴嗎？因為這種香水得來不易，怕它自然揮發，所以盛香水的瓶樽，不但是精工鏤雕鐫出各種角度稜角花紋，避免陽光直射，並且在外面還要加裝一種寒帶櫸木。櫸木紋理細密，木質堅實，可防走氣。

頭一批多麗佳製成，一噸鮮花僅得香水一磅多一點點，除了整磅庋藏內府留為自用外，只有當時兩位佞臣各蒙頒賜一盎司而已，這種恩寵，滿朝貴族公卿無不認為榮逾九衮，欣羡不已。後來范老擔任恰克圖總領事（**外蒙古跟西伯利亞接壤，開放最早的中俄通商埠**），當時帝俄的香水或明或暗走私外銷，都以此為集散地。范公任滿回平，行囊所貯全是些光霞炫目，玻璃煥彩，光怪陸離，玉匣金縢，香水的顏色更是絳雪晶霜，明淨瑩澈。其中有一小瓶大僅盈握，紫箔重封，冷香未吐，據說就是所謂俄帝御用鬍子香水「多麗佳」。可惜金泥銀線火漆固封，只能看見淺碧流光，可望而不可聞，究竟香味如何迷人，令人無法懸揣。范老把這小瓶香水視同古董，安置在多寶閣裡觀賞，不懂香水的人，有誰知是具有歷史性帝俄時代的鬍子香水呢？

清朝金石名家端匋齋的令侄陶略侯，跟筆者是莫逆之交，而且沾點姻親。他對於釀造洋酒興趣極濃，於是進入法國里昂大學專攻釀造。去了兩年又迷上製造香水，乃轉到法國的農學院主修酒類釀造，副科選修製造香水。後來學成回國，他總認為自己在釀造學方面的成就，反而不及副科研究得精深透徹，可惜當時國內只有一家廣東人開的廣生行，還是以製造雙妹嘜花露水為主，不肯大量投資延聘高級製造香水技術人員深入研究發展，只不過出產些生髮水而已。

陶君既然英雄無用武之地，只好東走煙台，到中國唯一製造洋酒的張裕釀造公司製造白葡萄大宛香去了。可是他始終念念不忘製造香水，可惜國內的資本家對於製造香水了無興趣。所以他每年回到北平度假，總要到舍下盤桓幾天，一邊小酌，一邊談天，聊來聊去，總不免又聊到香水上面了，所以又從陶君嘴裡增加了不少使用香水的常識。

談到俄國香水，陶君也認為帝俄時期宮廷中特製的幾種香水，確實比法國產品高雅清逸。法國有些香水專家始終研究不出是什麼原液配製而成的，尤其男用香水種類之繁夥，香味清馨脫俗，更非法國產品所能望其項背。不過法國有些高級女用香水，芬芳漚郁，香氣馝馞，變化迷離，又非俄國產品所能企及的了。這些專家品評都是外界所不容易聽到的。

他說製造香水用的鮮花不外是水仙、茉莉、珠蘭、玫瑰、紫羅蘭、鬱金香等等，可是製造香水的專家們，不但各人有秘而不傳的配方，而且各有不為人知獨特的花草香液加入調配。如果第一個香水牌子能叫響，那就一生享用不盡了。所以專家們在化驗室配製香精的試瓶用過後，一定要用酒精把試瓶沖洗乾淨才肯離開化驗室，就是怕人把他的秘方偷去。

法國有一位叫荷比甘的技師，他的香水就叫荷比甘，後來他除了香水，其他產品如頭水、肥皂、面霜、頭蠟一律都叫荷比甘，此公就因荷比甘香水而起家。雖然此老去世多年，可是他的香水和化妝品，仍然在眾香國裡一枝挺秀，屹立不衰。據說製造荷比甘香水過程，並不過分複雜困難，只是有幾種特殊香液是他們家族的秘密，加上永遠貨真價實，做出來的香味依舊，所以到現在仍然是世界上最暢銷的香水之一。

早年中國婦女喜歡把香水灑在衣襟領袖，或者是絲巾羅帕上，其實香水是應當直接噴灑在身體上的。因為人體不分冬夏，都自然而然蘊存一種體熱，香水藉助體熱的影響揮發出來，才能馥郁襲人，中人欲醉。同時因為名媛淑女體香各異，適於甲者未必合於乙，乙用某種香水很能發揮香水魅力，可是換來給甲用會大異其趣，不但別人聞起來沒有柔和感覺，就是自己也能覺得出沒有縹緲清新的意味。

譬如說，俄國的紫羅蘭香水，法國的白美人（原料白梔子花）香水都是屬於香遠益清的一類，在中國銷路很廣。可是這兩種香水在俄國、法國都不十分暢銷。西洋婦女大都屬於健美壯碩類型，自然汗液比較多，要用濃烈馥郁、能透肌表的香水，才能發揮妙用。中國閨秀體態多半嬌茬玲瓏，要用飄逸婉約、若即若離淡淡的柔香，才能顯出彼美人兮的風韻。

至於膚色的黑白深淺，對於選用香水就更有莫大的差別。當年有位印度酋長富而多金，他的新婚夫人出身印度貴族，皮膚屬棕褐色，他為了博取夫人歡心，特地到巴黎的一家著名香水製造廠，指名要用純「香水花」的香水，訂製十磅。當時正放暑假，陶在這家香水廠化驗室擔任分析工作，讓他大開眼界，看見所謂俄國邊境生產的極品香水花。這種花有紅、紫、白三色，花朵大如芍藥，重瓣多蕊，花形很像薔薇，花萼、花梗都有濃厚香味，製出來的香水呈深褐色，沾上一滴，芳蕤馥郁能夠餘香裊裊，彌旬不歇。這十磅香水據說是一磅祖母綠寶石換來的。據陶所知，這可能是全世界最名貴的香水了。

陶又告訴我，法國貴族命婦化妝臺經常排列著若干種香水輪流使用，不像咱們中國人弄幾瓶不開封的香水，擺在鏡臺上當裝飾品陳列起來捨不得使用。其實原油花液跟化學原料製造的香水，不管瓶子多厚、封得多嚴，香味都會慢慢消失的，至於說化學香水不走氣，那也不過是散失得慢而已，其實香氣仍然由淡而失的。有香水不用，不但可惜，簡直是浪費金錢。

人家化妝臺擺滿各式各樣香水，外行人認為是故意擺闊，其實真正懂得香水的人，知道四季氣溫寒燠各異，所用香水也應當照氣候而配合，春冬宜濃，夏秋宜淡。再講究點的人，早晚要有區別，小酌大宴也有差異，清晨所用香水越淡越好，尤其職業婦女更應注意，以免令人生出遐想。有人說晚宴舞會穿晚禮服的時候，可以使用稍濃的香水，那也是錯誤的。穿著禮服應當是柔香清雅，過分濃郁就有失華貴雍容啦。

陶略侯對於製造香水固然深得三昧，哪知道他使用香水的常識也豐富淵博，真是與君一席話，勝讀十年書。可惜七七抗戰軍興，彼此天各一方，雖然時殷懷想，可是聆教無從了。

民國十六年北伐成功，那時筆者寄居上海，舍親合肥李瑞九馳馬縱犬，擊射弄漁，在當時也算上海花花公子之一，他在十里洋場是以玩香水大大有名的。他的夫人是盛宮保家小姐，據說他當初追求盛小姐的時候，是一天一瓶名貴香水，送到靜安寺路盛公館，然後兌進牛奶給盛小姐沐浴潤膚，才獲得芳心而締結良緣的。

當時關務署署長是張福運，瑞九跟他是郎舅之親。關務署長懇託總稅務司，凡是進口商進口香水，請隨時通知一聲，以便價購。李瑞九有了這條終南捷徑，又捨得大把花錢，所以凡是從海關進口各種香水，他是網羅靡遺，珍奇畢備。

他們賢伉儷都是嗜薰有癖的，婚後在所住孟德蘭路公館，闢有三大間陳列室，金鋪甕牖，碧箔檻窗，琳纚耀彩的各國香水差不多蒐集了三千種。碰到上海有名的前清遺少劉公魯又是好事之徒，給這座樓題名「鎖香閣」，特地請吉安缶老吳倉碩寫了三個小篆，缶老並跋了一小段說晚年給人寫匾額多寫石鼓，可是「鎖香閣」三個字假借無從，只好寫了三個小篆等語。《晶報》主編張丹斧並且把它製版刊登《晶報》三日刊上，真是渾樸蒼勁，駸駸入古，是吳缶老得意之筆。瑞九自誇舉凡世界各國香水，他已搜羅殆盡，如果有人拿出香水是他珍藏中所沒有的，他就能從此不玩香水矣。

江小鶼、李金髮都是留法前輩，所以認識留法學友眾多。某年有一位江西熊公讀自法回國，帶了一瓶香水，式樣奇古，據說是法蘭西王路易十三時的產品。江、李跟瑞九素有交往，就把這瓶香水拿到瑞九家請他鑑賞，誰知瑞九遍對庋藏，竟然沒有這樣香水，以為江、李故意尋他開心的，於是氣忿交加之下，把櫥裡名貴香水，從樓上往街心去摔，幸虧江、李左拉右勸，才算停手，可是已報銷了好幾瓶了。一時餘香裊裊，滿巷皆香。報人唐大郎曾有《香街行紀盛》，可惜事隔多年，一句也不記得了。

民國三十年，全國工程師學會在臺北召開。表弟王漢曾是化學工程師，參加大會後筆者陪他環島觀光旅遊。當時樟腦局有十二萬坪地，有一座芳香油場佔地十多公頃，遍種各色奇葩異卉，都是提煉香粉的原料。彼時場內還留置幾部提煉橘子精、香蕉油的簡單設備和蒸餾器，他認為這些都是大陸所沒有的財富，他準備回到上海提出一份詳細計畫，希望能予以支持展拓。初步以集中煉製香茅油為主體，進而製造各種香液原油，首先使省內化妝品、糖果類、捲煙等香料不必全部仰賴船來，進而可以出口外銷。可惜只寫來一份節略，詳細計畫還沒來得及提出大陸就已淪陷。現在偶然想起這件事，心裡還有點莫名悵惘可惜呢！

唐魯孫先生作品介紹

(1) 老古董

本書專講掌故逸聞，作者對滿族清宮大內的事物如數家珍，而大半是親身經歷，所以把來龍去脈說得詳詳細細。本書有歷史、古物、民俗、掌故、趣味等多方面的價值，更引起中老年人的無窮回憶，增進青年人的知識。

(2) 酸甜苦辣鹹

民以食為天，吃是文化、是學問也是藝術，本書作者是滿洲世家，精於飲饌，自號饞人，是有名的美食家。又作者足跡遊遍大江南北，對南北口味烹調，有極細緻的描寫、有極在行的評議。本書看得你流口水，愈看愈想看，是美食家、烹飪家、主婦、專家、學生及大眾最好的讀物。

(3)大雜燴

作者出身清皇族，是珍妃的姪孫，是旗人中的奇人，自小遊遍天下，看得多吃得多，所寫有關掌故、飲饌都是親身經歷，「景」「味」逼真，《大雜燴》集掌故、飲饌於一書。

(4)南北看

作者出身名門，平生閱歷之豐、見聞之廣，海內少有。本書自劊子手看到小鳳仙，自衙門裡的老夫子看到盧燕，大江南北，古今文物，多少好男兒、奇女子，異人異事……一一呈現眼前，是一部中國近代史的通俗演義。

(5)中國吃

本書寫的是中國人的吃，以及吃的深厚文化，書中除了談吃以外並談酒與酒文化、談喝茶、談香煙與抽煙，文中一段與幽默大師林語堂先生一夕談煙，精彩絕倫不容錯過。

(6)什錦拼盤

本書內容包羅萬象，除談吃以外從尚方寶劍談到王命旗牌，談名片、談風箏、談黃曆、談人蔘、談滿漢全席……文中作者並對數度造訪的泰京「曼谷」不管是食、衣、住、行各方面均有詳細的描述。

(7)說東道西

《說東道西》是唐魯孫先生繼《老古董》、《酸甜苦辣鹹》、《大雜燴》、

《南北看》、《中國吃》、《什錦拼盤》之後又一巨獻。

他出身清皇族，交遊廣，閱歷豐。本書從磕頭請安的禮儀談到北平的勤行，由蜀山奇書到影壇彗星阮玲玉的一生，自山西麵食到察哈爾的三宗寶……所論詳盡廣泛，文字雋永風趣，是一部中國近代史的通俗演義。

(8)天下味

本書蒐羅了作者對故都北平的懷念之作，除了清宮建築、宮廷生活、宮廷飲食介紹外，對平民生活的詳盡描述，也引人入勝。收錄了作者對蛇、火腿、肴肉等山珍，以及蟹類、臺灣海鮮等海味的介紹，除了令人垂涎的美味，還有豐富的常識與掌故。更暢談煙酒的歷史與品味方法，充分展現其博學多聞的風範。此外另收〈香水瑣聞〉與〈印泥〉兩文，也是增廣見聞的好文章。

(9)老鄉親

唐魯孫先生的幽默，常在文中表露無遺，本書中也隱約可見其對一朝代沒落所發抒舊情舊景的感懷，無論是談吃、談古、談閒情皆如此，但其憂心固有文化的消失殆盡，在在流露出中國文人的胸襟氣度。

(10)故園情（上）

凡喜念舊者都是生活細膩的觀察者，才能對往事如數家珍。故園情上冊有唐魯孫先生的記趣與評論，舉凡社會的怪現象、名人軼事、對藝術的關懷，或是說一段觀氣見鬼的驚奇，皆能鞭辟入裡栩栩如生。

(11)故園情（下）

喜歡吃的人很多，但能寫得有色有香有味的實在不多，尤其還能寫出典故來，更是難能可貴。唐魯孫先生寫的吃食卻能夠獨出一格，不僅鮮活了饕餮模樣，更把師傅秘而不傳的手藝公諸同好與大家分享。

(12) 唐魯孫談吃

美食專家唐魯孫先生，不但嗜吃會吃也能吃，無論是大餐廳的華筵餕餘，或是夜市路邊攤的小吃，他都能品其精華食其精髓。本書所撰除了大陸各省佳肴，更有臺灣本土的美味，讓人看了垂涎欲滴。

天下味 / 唐魯孫著. -- 五版.-- 臺北市：大地,
2020.02
面：　公分. --（唐魯孫先生作品集；8）

ISBN 978-986-402-333-2（平裝）

863.55　　108023323

天下味

作　　者	唐魯孫
發 行 人	吳錫清
主　　編	陳玟玟
出 版 者	大地出版社
社　　址	114台北市內湖區瑞光路358巷38弄36號4樓之2
劃撥帳號	50031946（戶名：大地出版社有限公司）
電　　話	02-26277749
傳　　眞	02-26270895
E - mail	support@vastplain.com.tw
網　　址	www.vastplain.com.tw
美術設計	博客斯彩藝有限公司
印 刷 者	博客斯彩藝有限公司
五版一刷	2020年2月

唐魯孫先生作品集 08

大地

定　　價：280元

Printed in Taiwan